「お好きにどうぞ」
星《ほし》 高空《たかそら》

「真ん中がわたしでいい？」
地平《ちたいら》 潮《しほ》

「あたしはええよ」
[みずいけ　うみ]
水池 海

私の初恋相手がキスしてた 3

[Iruma Hitoma]
入間人間

[Illustration] フライ

『まぶたは失われたように
降りてこなかった』

My first love partner
was kissing

正直、こんなことになるとは思わなかった。

始まりからして突拍子《とつぴようし》もなかったから、過程とか、結論とか……そっちもねじくれていくのかもしれない。そして、もしもそれが望むような結果であった場合、私はそれを素直《すなお》に喜ぶべきなのだろうか。


あの夏が過ぎても、アパートは狭《せま》い。蟬《せみ》は消えても、夏の残り香のように漂《ただよ》うものがある。

水池海《みずいけうみ》の匂《にお》い。

部屋にすっかり染《し》みついて、時折、気にするのをやめてしまいそうになる。

そうすると初心《うぶ》が失われた気がして、少しもったいないような……そんな気分になるのだ。

で、そんな気分とやらはおいといて、朝方の時間が怪《あや》しい。あれそれこれとスライスして分刻みで動こうとした結果、細かく切りすぎて余ったものを勝手に放り捨てられてしまったかのように毎朝時間が足りないのはどういうわけだろう。

そんな忙《せわ》しない中、まだ布団《ふとん》の上に髪《かみ》と顔を潰《つぶ》している生き物がいる。

海《うみ》は平日ほっとくと案外、起きてこないことを学んだ。

「起きなさい」

肩《かた》を揺《ゆ》する。出会ったときは警戒心《けいかいしん》の塊《かたまり》みたいに振《ふ》る舞《ま》っていた生き物は、ぐぐもった寝言《ねごと》をあげるだけで目覚めようとしない。小さな肩《かた》に触《ふ》れていると、妹なんていたら、こんな感《かん》触《しょく》なのだろうかと想像してしまう。

気が緩《ゆる》んでいるというか、すっかり慣れ切ったというか。

それの是非《ぜひ》は後でゆっくり、そう教室に行ってから考えた方がよさそうだった。

「仕方ない」

やむを得ないので足を摑《つか》み、部屋から引っ張り出す。布団《ふとん》を入り口まで巻き込みつつ引きずられた海《うみ》の頭が不安定に跳《は》ねて、丁度居間に出たところで顎《あご》をしたたかに打ち付ける。

「んごっぽ」

「あ、ごめん」

そこまでやる気はなかった。流石《さすが》に目が覚めたらしく、顎《あご》を押さえながらごろごろと転がっている。それから足先と頭で体を支えつつ、仰《の》け反《ぞ》るようにその場で伸縮《しんしゅく》する。忙《いそが》しいやつだ。

そこから起き上がろうと床《ゆか》に手をつくものの、丁度そこに自身の髪《かみ》の毛《け》が散らばっていて引っ張られる形となってまた転がる。

「いってぇ」

手を慌《あわ》てて離《はな》して、また一転がりしてと慌《あわ》ただしい。そうしてようやく、毛根の痛みを訴《うった》えるように頭を抱《かか》えながら、背を丸めて座り込むことができた。

「そっちは自分のせい」

「髪《かみ》そろそろ切ろうかな……」

寝癖《ねぐせ》と元の癖《くせ》でくねる髪《かみ》を手で梳《す》きながら、海《うみ》がぼやく。

「おはよう」

「おはよ……」

弱く返事しながら、海《うみ》がぬぼーっとした目で私を見上げる。

「なに？　顎《あご》は、えー、事故です」

「今度、髪《かみ》切ってくれん？」

「わたしぃ？」

邪魔《じゃま》やこれ、と海《うみ》が肩《かた》にかかった髪《かみ》を払《はら》う。

「理髪店行っても髪《かみ》切るだけやろ？　それなら、ソラがやっても変わらんわ」

「いや変わる変わる、全然変わる。理髪店舐《な》めすぎ」

そうかな、と海《うみ》は妙《みよう》に懐疑《かいぎ》的《てき》だ。こいつと生活していると、本当に、教えることが多く。

学ぶことも多い。

それはとても、退屈《たいくつ》しないということでもあった。

「話は、学校行く途《と》中《ちゅう》でしよう」

時計の代わりにその場で早く足踏《あしぶ》みして、切迫《せっぱく》を知らせる。

そして、さぁ立てと手を差《さ》し伸《の》べる。
海《うみ》は既《すで》に準備を終えた私の髪《かみ》と、服と、最後に指先を目で追って。
「そうするわ」
私の差し出した手を素直《すなお》に受け取り、跳《と》ぶように軽快に立ち上がる。
ふわりと舞《ま》い上《あ》がる、水池海《みずいけうみ》の匂《にお》いが肩《かた》を叩《たた》いた。
花ほど特徴《とくちょう》がなく、なんの匂《にお》いか、判別がつかない。
海《うみ》は踊《おど》るようにステップを刻んで、そのまま私の手から離《はな》れて走り出す。
手を離《はな》すのは少し惜《お》しい気持ちがあって。
でも走り回る海《うみ》の背中を眺《なが》めているうちに、せり上がるものが増していき。
ぐっと、手のひらに残るものが消えてしまわないうちに、握《にぎ》りしめるのだった。

こんなことになるとは、思わなかった。
思わなかったから起きなかったし思ってもあるわけもなく勿論《もちろん》夢だった。
これは、絶対に起こりえないことだった。

『生きている気がする』

My first love partner
was kissing

わたしがお母さんと一緒《いっしょ》に、その大きな家を出なければいけなくなったのは四歳の時だった。お母さんが悪いことをしたわけではなく、お父さんに誤りがあったのは子供が大人たちの高い顔を見上げているだけでもなんとなくわかった。

お手伝いさんの女とお父さんが、なにか間違《まちが》いを起こしたらしい。それが問題になって、お母さんが怒《おこ》り、こんな家にはいたくないと出ていくことにしたらしかった。その話し合いの中でわたしはお母さんに引き取られることになったらしい。

後から考えるとそれは、お母さんが見せた思いやりだったのかもしれない。

お母さんは家を出る際、一緒《いっしょ》に出てきた女のお尻《しり》を遠慮《えんりょ》なく蹴《け》り飛《と》ばした。ひょろひょろの女で、ティッシュか布みたいにひらひら、ふらふらした印象だった。でも、その長い髪《かみ》に包まれるような、線の細い横顔は綺麗《きれい》だとも思った。

女は大きな塀《へい》に手をついて、なんとか倒《たお》れないで済んだ。お母さんは殺しそうなくらいに強く睨《にら》んでいた。そのまま蹴《け》り続《つづ》けて殺すのかと、横で思っていた。でもそれ以上はしなかった。

女はお母さんにも、わたしにもにこにこと緩《ゆる》く笑っているだけだった。

その笑顔《えがお》のまま、わたしにだけ挨拶《あいさつ》する。

「じゃあね、シホちゃん」

女はこの家のお手伝いさんで、わたしもよく遊んでもらっていたから、この女のせいだということがうっすらわかっていても、なんとなく手を振《ふ》り返《かえ》した。

女は友達と挨拶《あいさつ》するように嬉《うれ》しそうだった。

お母さんが仕事を探すまでは、親戚《しんせき》の家にお世話になった。家と言ってもそこは大きな旅館で、それこそ前の家よりも大きい。そこで暮らしていたのは三ヶ月ほどだったけれど、いい環《かん》境《きょう》だったと思う。あ、お世話になった人たちの苗字《みょうじ》が『き』から始まるので、地平《ちたい》という名字とくっつけてチキって名乗ってたんだよ。偽名《ぎめい》の名字の方は母の旧姓《きゅうせい》ね。

仕事を見つけたお母さんと一緒《いっしょ》に、今度は小さなアパートに移り住んだ。そこは隣《となり》の部屋との間の壁《かべ》に消火器が備え付けられていたのだけど、それが錆《さ》びついていてとても役目を果たせそうにないという、一事が万事《ばんじ》そういう仕様のアパートだった。地平《ちたい》の家の風呂《ふろ》より狭《せま》い部屋での暮らしは、生まれた時からお屋敷《やしき》暮らしが続いていたわたしにはなかなか刺激的《しげきてき》だった。

そうだねぇ、タカソラの住んでいる部屋に毛が生えたくらいかな?

お母さんは元々そういう環境《かんきょう》で育った人なので、さして苦に感じていないみたいだった。わたしも冬の寒さが少し辛《つら》いとは思ったけれど、それ以外は公園で走り回っていたら大体どうでもよくなった。お父さんより、お母さんの方が好きだったのもあったかもしれない。

でもそれから半年くらい経《た》って、わたしは再び、あの大きな家で暮らすことになった。

お母さんが、お父さんにわたしを押しつけたのだ。

「ごめんね、シホのことはとても可愛《かわい》いと思うのだけど、一つだけ許せないことがあるの」

お母さんはまったく悪びれず、淡々《たんたん》と理由を語った。

「その目を見ると、お父さんのことを思い出してね。それが嫌《いや》になったの」

そう言い切って、お母さんはわたしを屋敷《やしき》に投げつけるように去っていった。目？　と離《はな》れていくお母さんではなく、お父さんを見上げる。苦い顔と裏腹に淡《あわ》く輝《かがや》く瞳《ひとみ》は、わたしのそれと同じ色合いだった。

お父さんもそうだし、地平《ちたいら》という家の人間はみんな、同じ目の色をしていた。遺伝、というやつらしい。薄《うす》い黄緑のような瞳《ひとみ》。元を辿《たど》るとどこから始まっているのかわからないけれど、この目がお母さんには許せなかったみたいだった。

お父さんは家での立場をすっかり失っていて、わたしの扱《あつか》いもそれに準じた相応のものが用意されていた。蝶《ちょう》よ花よと可愛《かわい》がられていたご息女様は、サッカーボールになってこの家に帰ってきたのだ。お父さんとお母さんの間だけでなく多くの関わりに影響《えいきょう》があったらしく、その大人の不平不満を真似《まね》した子供にも、容赦《ようしゃ》なく痛めつけられた。わたしを手荒《てあら》に扱《あつか》っていいものだと認識《にんしき》した子供たちは、人形のパーツを壊《こわ》すくらいの感覚で手足をもぎとろうとしてきたこともあった。お母さんがどうしてわたしを連れて出たのか、その時になってわかった。それでも捨てるという点を含《ふく》めて。

手遅《ておく》れになる前にそうした環境《かんきょう》を脱《だつ》することができたのは、振《ふ》り返《かえ》ってみると幸いだったと言える。わたしの手足が問題なく動いているのは、ひとえに悪運の強さだった。

わたしはそんな家で文字通りに頭を使い、なんとか居場所を手に入れた。思いの外額の傷が深くてそれから一週間ほどは熱を出して寝込《ねこ》み、生死の境をさまよったけれど。思えばあのときに頭を強く打ちすぎて、少々具合がおかしくなったのかもしれない。

寝込《ねこ》んでいる間、何度も熱の波紋《はもん》に見舞《みま》われた。波が来る度《たび》に目の中が燃えて、髪《かみ》の生《は》え際《ぎわ》から汗《あせ》が噴《ふ》き出《だ》した。息が続かなくなり、何度も呼吸に失敗しながら必死に空気を吸い込む。

お母さんはもうどこにもいなかった。宣言通り、祖父母は一切《いっさい》、手助けに現れない。広い部屋と大きな布団《ふとん》だけがわたしに与《あた》えられたものだった。手足がお湯に溶《と》けているように不確かで動かすことができず、目玉だけが辛《かろ》うじて動いて光を求めた。

障子戸の向こうが明るい。頭を打つ前も、光を見ていた気がする。見つめようとすると額が疼《うず》いて目が潰《つぶ》れそうに痛むので、ぼんやりとしか眺《なが》めることができなかった。でも痛い方が、そこにこれがある、あれがあるとはっきりしてまだ気持ち悪さが少なかった。

生きているっていうのは、自分を感じられるかどうかなのだと、なんとなく理解した。

それからようやく波を乗《の》り越《こ》えて、自分の手で障子を開けた。

開けた先にあったのは、光でも真実でも答えでもなく、ただの立派な庭だった。

『地平潮騒』

My first love partner
was kissing

「というわけで腹違《はらちが》いの姉の地平潮《ちたいらしほ》です」

イェーイと両手の親指を立てて堂々と宣言してくる。水池《みずいけ》母も無責任に親指を立てかけて、流石《さすが》に自重したのか中途《ちゅうと》半端《はんぱ》に曲がった親指だけが残った。指相撲《ゆびずもう》に臨むような姿勢だった。もったいないと思ったのか、もったいないってなんだよ、私の母と本当に指相撲《ゆびずもう》を始める。水《み》池《いけ》母の白い枝のような指がはしゃいで逃《に》げ回《まわ》るのを見て、鳩《はと》の豆やりをなぜか思い出した。

「うちのうーみうみうみがお世話になっております」

へへぇ、とおどけるように頭を下げて挨拶《あいさつ》してきた。誰《だれ》に向けて頭を下げているのか分からなかったし、うちって区分されるのが少し気に障《さわ》った。どっちになにを抱《いだ》いているのか、自分でもよく分からない。

それよりも、もっとうちについて問題がある。そう、このうち。

駅前で、全員が額をぶつけ合うように鉢合《はちあ》わせてから、流れで全員うちに来た。

なんでうち。

とは思うけれど水池《みずいけ》さんには家などなく、傾《かたむ》いて流れ落ちる先はなるほどこのアパートしかないのかもしれない。扇風機《せんぷうき》一台ではとても全員をカバーできなくて、久しぶりにエアコンが動いている。どこかが引っかかっているのか、いつもガタガタ、カタカタと小刻みに震《ふる》える音がする。フィルターの掃除《そうじ》はしたのに、なぜかかび臭《くさ》い匂《にお》いを錯覚《さっかく》していた。

首を撫《な》でるような、蟬《せみ》の鳴き声。

身の上話を披露《ひろう》した地平《ちたいら》さんが、アパートの隅《すみ》に座っているという現実。

満開の花が風で舞《ま》い上《あ》がるように、その香りが狭《せま》い空間を埋《う》め尽《つ》くす。

とうとう地獄《じごく》は、私の暮らすアパートにまで繫《つな》がった。

「なんかまた凄《すご》いのが出てきた」

指相撲《ゆびずもう》しながら、他人事《ひとごと》の距離《きょり》で話を聞いている母の一言はごもっともだった。

「和服の美女と来た。そして、狭《せま》い」

「すみません、話が終わったらすぐに出ていきますので」

アパートのリビングに五人も詰《つ》め込《こ》まれる状況《じょうきょう》に初めて出くわす。本当に狭《せま》い。他人の肘《ひじ》が無視できないくらいに。私の隣《となり》には、引きずるようにしてここまで連れてきた水池《みずいけ》さん。

今その肩《かた》を揺《ゆ》すると、カラカラとなにかが空洞《くうどう》を跳《は》ねる音でもしそうだった。

降って湧《わ》いたように現れた、姉の存在。

それがよりにもよって、事情と関係の重なりすぎたこの女と来て、その頭に現実が収まりきらないのも無理はなかった。

「いつから、知ってたんですか」

その声と目線は、電灯の紐《ひも》を追いかけるように宙を揺《ゆ》れていた。

「いつから？　えーと、最初から」

ようやく親指を引っ込めた地平《ちたいら》さんが、こちらは普段《ふだん》と変わらない緩《ゆる》やかな調子で答える。

季節外れの淡雪《あわゆき》のようにさらさらとした感触《かんしょく》の笑顔《えがお》と、全てを見通すような異邦《いほう》の瞳《ひとみ》。

水池《みずいけ》さんと同じ色の目。この女に最初から感じていた、馴染《なじ》み深さの正体を理解する。

「あの日、駅で見かけて声をかけたところまでは偶然《ぐうぜん》だけどね、顔を一目見たらすぐにわかっちゃった。その目を持ちながら面識のない女の子なんて、該当《がいとう》するのは一人しかいなかったし。だからどうしようかと迷ったけれどやっぱり、妹には優《やさ》しくしないとなぁって」

ねぇ？　と同意を求めるように私と目を合わせてくるので、無言で逸《そ》らした。

妹。平然とその口から出てくる、決して軽いものではない繋《つな》がり。私にも急に湧《わ》いてこないだろうかと不安になってしまう。なにしろ今いる水池《みずいけ》親子だって、唐突《とうとつ》にやってきたのだから。

母親を一瞥《いちべつ》すると、まだ指相撲《ゆびずもう》でじゃれついていた。

「なんで、言わんかったの」

「ん、聞かれなかったから」

その表情には面白《おもしろ》そうだったから以外のものが浮《う》かんでいなかった。水池《みずいけ》さんの不幸は姉と知らないで恋《こい》したことなのか、その姉がおよそ常人からほど遠かったことか、そもそも水池《みずいけ》さんは今、不幸なのか。なにも感じているようには見えない、ただ伸《の》び切《き》ったような横顔を覗《のぞ》く。

元から白い肌《はだ》が一層、漂白《ひょうはく》されて輪郭《りんかく》まで失っていくようだった。

妹……これが、この極《きわ》めつけの悪い女の。

浮《う》かぶ点と線は大きく離《はな》れているようで、実際は思っているよりずっと近かったらしい。

私は、この姉妹《しまい》に翻弄《ほんろう》され続けていたんだ。

そう思えば少し、据《す》わりが落ち着くものもある気がした。

まったく別の存在ではなく、惹《ひ》かれる系統に種類がちゃんとあったんだっていうか……なにを言っているんだ、私は。

悪くない妹と、とても悪い姉。

破綻《はたん》と友愛の同居した奇妙《きみょう》な人格は十分に感じ取っていたけれど、それが妹に対しても発揮されているとは思わなかった。水池《みずいけ》さんにお金を渡《わた》して生活を援助《えんじょ》していたのも、遠回りながらも姉妹愛《しまいあい》だったのかもしれない。

渡《わた》し方の発想が飛びすぎているので、ああやっぱり、おかしい人なんだとしか感じないけど。

「それで、わたしはもう特に話すことないのだけど……」

カニみたいに立てた指をちょきちょきしながら、地平《ちたいら》さんが周囲の反応を困ったように窺《うかが》う。

何故《なぜ》一番困っていそうにないこの女がそんな顔をしているのだろう。しかも話すことがないと来た。これだけの勢いで全周囲殴《なぐ》りつけておいて。まだまだ、ここから……えっと、なにをだろう。いや確かに……ない？　え、ないの？　ないのか……。姉であることは明かしたし、過去も知ったし、たしかに……いやいや、足りない。これだと現在と過去があって、でも未来の話がなかった。

これから、どうするのか。

一番大事なそこを、この女はまったく語っていない。

二人が姉妹《しまい》だとしたら……だとしたら、一緒《いっしょ》に暮らす？

このアパートで？　なんで？

地平《ちたいら》さんの家で？　そっちで？

それとも、この女は無関係のようにこれまでと同じく一人このアパートを出ていくのだろうか。

「ちょっと、二人で話させて……」

そう言って、水池《みずいけ》さんが……姉、の腕《うで》を縋《すが》るように摑《つか》む。地平《ちたいら》さんは「いいよ」とその手を引くようにして立ち上がり、私を一瞥《いちべつ》してからアパートを出ていく。その眼差《まなざ》しには二人きりで出会った時と同じく、包容力と愉快《ゆかい》が螺旋《らせん》を描《えが》いていた。

強く残る花の香りが、あの人とのこれまでをアルバムみたいに振《ふ》り返《かえ》らせる。

羞恥《しゅうち》と、どうして、という後悔《こうかい》と、情念の炎《ほのお》が燃え上がっていた。

三人になると、周囲から押していたような空気がへこみ、身体《からだ》に余裕《よゆう》が生まれる。それと入《い》れ替《か》わるように幾《いく》ばくかの心細さが、冷気に混じって肌《はだ》を伝った。

「ウミちゃんの姉ならぇぇと、泉《いずみ》とはどんな関係になるの？」

「友達かなぁ。昔は一緒《いっしょ》によく遊んだもの」

「そういう話じゃねぇー」

大人二人が話しているのを聞きながら、風船みたいに飛んでいきそうな意識の紐《ひも》を摑《つか》む。

なにが起きているのだろう。

今年の夏は、さざ波のように地獄《じごく》が押し寄せては私の膝《ひざ》を濡《ぬ》らす。

刺激《しげき》に疎《うと》かったこれまでと違《ちが》いすぎて、目を伏《ふ》せて、顔を上げていられなくなる。

これからどうなるのか、本当に、一つも見当がつかない。

分かっているのはあの女が、実の妹と知りながらその身体《からだ》を好き放題堪能《たんのう》するようなヤバいやつということだった。そしてその女と、私は。

「…………」

どこを見てものを考えればいいのか、迷子になる。

そして子供が迷子でも、母親は私ではなく別の女の手を握《にぎ》っていた。

なにかを見ていてはいけなかった。視線は敵意を招くから。

あたしはなにも見ないで俯《うつむ》いていないと、生きることも難しいと思っていた。

でも世界には物が溢《あふ》れていた。なにもかも見て見ぬふりは、できなかった。

そんなあたしの手を取り、どこまでも連れて行ってくれる人と出会った。

それが運命とかじゃなくて、意図したものであったとしても。

どんな形でもあたしの顔を上げてくれた人が今、隣《となり》にいる。

この人の側《そば》にいると落ち着かないのはいつもと同じで、でもその意味が更《さら》に深まって。

「なんて呼べばいいんやろ」

アパートの壁際《かべぎわ》であたしはしゃがんでるけど、隣《となり》の……ひと、は腕《うで》を組んで眩《まぶ》しそうに空を見上げている。

視線の先には、雲を裂《さ》くように翼《つばさ》を広げた鳥が、遠くを飛んでいた。

「チキでも、シホでも、お姉ちゃんでも好きにどうぞ」

宇宙の果てまで見えそうな抜《ぬ》けきった青空と同じくらい、その人の顔は透《す》き通《とお》っている。慈《じ》愛《あい》に満ちるように緩《ゆる》んだ口の端《はし》と、幼さも時折映る頬《ほお》はいつもと変わらない。

この人はなにがあれば、どんなものと出会ったら変わるのだろう。

チキさん？　シホさん？　それとも。

舌の先が乾《かわ》くくらい口を開けっぱなしのまま、夏が降る。

やっと暑さを肌《はだ》が理解し始める。

声になるのに、それくらいの時間が必要だった。

「……おねえ、ちゃん」

「なぁに」

壁《かべ》を摑《つか》もうとするように、指ががりがりと折れては這《は》い回《まわ》る。

「おねえちゃん？」

「そうだよ」

「おねえちゃん……」

「ここにいるよ」

おねえちゃんが屈《かが》んで、あたしに寄《よ》り添《そ》う。おねえちゃんは、優《やさ》しく笑いかけてくる。

おねえちゃん？

おねえちゃんって口にする度《たび》、不思議な気持ちと疑問が同時に湧《わ》いてくる。胸がぐるぐる渦《うず》を巻く。目の奥で、赤い実の皮が弾《はじ》けてなにかが飛び出していきそうだった。

暑さに釣《つ》られたのとは別の汗《あせ》が、どんどん滲《にじ》んでくる。

「お、ねえ……ちゃん」

「うん」

がりがりと、心が削《けず》られて芯《しん》を露出《ろしゅつ》していくような心細さなのに、その心細さが立《た》ち尽《つ》くす場所は温かい。不安がそんな温かい場所にいられるという矛盾《むじゅん》に、鳥肌《とりはだ》が立つ。

顔を上げると、おねえちゃんが微笑《ほほえ》んでずっとあたしを受け止めていた。

「おねえちゃんって、なに？」

あたしのよくわからん問いかけに、すぐ答えが返ってくる。

「今、海《うみ》が感じているもの」

目の前にあるおねえちゃん。抜《ぬ》けそうな歯ぐらい、気持ちがぐらぐらする存在。

「あたし、おねえちゃんの……」

これまでを思い返すと、赤い傷をえぐり返すように額が痛んだ。

「おねえちゃんと、あたし……」

目の下がさっと、血の筋でも走るように痛む。すぐにあたしがなにを思ったか察したらしく、おねえちゃんがあっはっはと、いつものように気持ちよく笑う。

「できるものだねぇ」

その言い方が、薄《うす》い傷を強くえぐった。

「なんで笑っとるんや……」

「幸せな時間だったからだよ」

「幸せって……ええんか、そんなの」

「姉妹《しまい》で愛し合って、誰《だれ》かに不都合あるの？」

ん、ん？　とおねえちゃんがなんの後ろめたさもなさそうにあたしを覗《のぞ》く。ああこの人は、こういう人だったって思い出す。色んな警告を踏《ふ》み越《こ》えてこの人に近づこうとしたのは自分自身で、でもそれをすぐに忘れそうになってしまう。

この人は、他人に優《やさ》しくできるのに常識がないのだ。

「……わからん。でも、おねえちゃんは知ってて……その、したん、だよね」

「うん。海《うみ》は妹で、でも可愛《かわい》くて、そして女子高生」

指折り数えるみたいに、あたしの価値を謳《うた》う。最後が一番力強いように聞こえたのは邪推《じゃすい》だろうか。……そうだ。この人は、実の妹に女子高生しか愛せないって言っちゃうのだ。

それはつまり、あたしが女子高生じゃなくなったら。

そもそも最初の出会いで、制服着てなかったら気づきもしないで通り過ぎて終わっていたんやろうか。

「最初に言ってくれたら……」

「いきなり姉だよって言っても信じた？」

「……信じんとは、思うけど」

姉という概念《がいねん》がすっぽり頭になかったし。あたしが知っとる家族というのはお母さんだけや。

お父さんだって、ろくに意識したことない。

おねえちゃんは少し、考え込む仕草を取って。

「チーズバーガーってさ、牛と牛乳の重ねだよね」

「え？　……え、ちーずばーがー？」

なんやそれ、と疑問が一斉《いっせい》に開花する。まず、それがなにかもすぐわからんかった。頭の中でかちかちかちかち変換《へんかん》してやっと、チーズとバーガーに定まる。ハンバーガーとチーズか？　食べたことがなかった。ハンバーガーというものを手にしたことがなくて、連想が及《およ》ばない。

そして……だからなんや？

「牛乳は牛から生まれるもの。牛肉と重ねると相性《あいしょう》がいいわけだね」

「はぁ……」

「つまりわたしと海《うみ》は相性抜群《あいしょうばつぐん》」

色々な意味で、とおねえちゃんが目を細めて笑う。色々についてはチーズバーガーよりは心当たりがあって、思わず髪《かみ》を引っ張るように弄《いじ》って、少しでも顔を隠《かく》したくなる。昼間の外でそんな話を始めるなって、茹《ゆ》で上《あ》がりそうな暑さの中でもそれくらいは常識が働いた。

そしてこの人はこれまで秘密ばかりだったけど、もっと世間的に隠《かく》した方がいいものはたくさんあると思った。

そんなことを思いながら、どうしても引っかかるものがあってこんな話を始めるあたしも、やっぱり、この人の妹なのかもしれんけど。

「……本当におねえちゃんになる前に、チキさんに聞いときたいんやけど」

敢《あ》えて、もしかするともう二度と使わんかもしれん名前で呼ぶ。

「なんとも哲学的《てつがくてき》なわたし。どうぞ」

「星《ほし》さんと浮気《うわき》、した？　絶対怒《おこ》らんから、それだけ教えて」

ふむ、とチキさんが正面を向いて。

「海《うみ》の浮気《うわき》の定義は？」

「………えっちなこと、したかどうか」

あは、とおねえちゃんの口もとが噴《ふ》き出《だ》す。

「海《うみ》の口からえっちって聞くと、ゾクゾクするね」

いい笑顔《えがお》で人の質問吹《ふ》っ飛《と》ばしてなにを言っとるんやこの人は。

「そんな話は今しとらん」

「今だからこそしたい話なのに。前はわたしのことへんたいくらいしか言ってくれなかったのでその辺を詰《つ》めて精度を」

「答えて」

肘《ひじ》を摘《つま》むと、おねえちゃんは心底惜《お》しむように口を噤《つぐ》み、目を閉じて、肩《かた》を落として、長いわ。

この人と話しているといつもこうだ。なんか、エロ系の横道に逸《そ》れる。

おねえちゃんの頭はそんなことでいっぱいなのかもしれない。

……おねえちゃん⁉

さっきから心臓が急に止まるように、その認識《にんしき》に度々驚《たびたびおどろ》く。

おねえちゃん……。おねえちゃん、なんだ。

「で、浮気《うわき》の話だっけ」

超《ちょう》どうでもよさそうに軽く確認《かくにん》されたので、小さく頷《うなず》く。

おねえちゃんは、いつも通りの笑顔《えがお》で言った。

「して、ません」

なんで一瞬《いっしゅん》溜めたんや。

「……ほんとに？」

「海《うみ》はぜーんぜんわたしを信用しないね。これじゃあ質問の意味がないよ」

笑いながらも咎《とが》めるような調子に、数日前のやり取りを思い出して頭がぎゅっと、縮む。

目玉もまとめて潰《つぶ》れるくらいに、重苦しく、痛む。

この人に捨てられることは、あたしにとってもう死ぬことと同じだった。

おねえちゃんだとわかってから、酔《よ》うように余計に命が揺《ゆ》れる。

「だって、二人で……デート、してたんやろ？」

「それはしてたね」

あっさりと認める。気が削《そ》がれそうになるけど、ここで心を緩《ゆる》めてはいけない。この人は、嘘《うそ》が上手《うま》い。なんで騙《だま》すのが上手《うま》いかっていうと、認める部分と、嘘《うそ》をつく部分をはっきりわけるからだと最近気づいた。わけて、それから程《ほど》よく混ぜてくる。

その加減の具合は、人に嘘《うそ》を重ねてこないと身につかないものだった。

……やっぱ、酷《ひど》い人なのかもしれん。

「あたしに黙《だま》ってそういうのは……嫌《いや》やろ？」

追《お》い詰《つ》められると、語彙《ごい》の絶望的な少なさが露《あら》わになる。他の子みたいに授業はちゃんと受けているのにこの体《てい》たらく。みんなはそういうのをどこで学ぶんやろう。本とかテレビとか？

なにかが足りなかった。でもそのなにかを感じるためのなにかもまた、不足していた。

「デートしてきますって一々報告されたら面倒《めんどう》に思わない？」

「いやそっちやなくて」

デートとかしたら、その、あかんやろ。つい手をばたばた振《ふ》ってしまう。

「あたし一時間くらい前は、彼女やったんやけど」

今はどんな関係なのだろう。姉妹《しまい》って最優先に置かれるものなんやろうか。兼用《けんよう》とか、そういうのあるんやろうか。この人には今、あたしがどう見えとるんやろう。

目線は初めて会ったときも、ホテルにいるときも、そして今も変わらない。

優《やさ》しく、ただ柔和《にゅうわ》に。なにを見るときも変わらない、その目があるだけだった。

「今も彼女でもいいよ？　海《うみ》はどんな関係を結びたいのかな」

「あたしは……」

頭めちゃくちゃになりそうな一番の問題を問われて、真剣《しんけん》に考えこみかけて。

はっとする。

「ごまかしたらあかん」

「賢《かしこ》い」

よしよしされる。だから、ごまかすのは駄目《だめ》だって、と大人しく撫《な》でられながら思う。

「タカソラと本当のところを話すとね、実はする寸前まではいったのですが」

「おい」

「まぁ聞きなさい。寸前まで言って頭撫《な》でてたら、タカソラが大泣きし始めてね。泣《な》き崩《くず》れるタカソラをあやして、美味《おい》しいご飯奢《おご》って駅まで送って、それで終わり」

はは一ぁ、とお手上げのように手のひらを見せて肩《かた》をすくめる。その横顔にはしょうがないなぁと語る緩《ゆる》い笑《え》みがあり、でも雲から覗《のぞ》く晴れ間のように頬《ほお》はすぐに澄《す》んでしまう。

「あそこまで赤ちゃんになっても困るのだけど。もう少し手心というか……でもタカソラはいっぱい泣いて少しすっきりしたみたいだし、あれでよかったのかもね」

おねえちゃんが心からの善意に従うように、にこにこしている。

見ていると、色んな尖《とが》ったものが端《はし》から溶《と》けて、抵抗《ていこう》を失って。

結局、あたしの問《と》い詰《つ》めはうやむやにされてる。

この人にはなにやってもこんな風にのらりくらりと丸め込まれるのかなと思うと、情けなかったり、呆《あき》れたり、いつものっていうことにほんの少しだけ安堵《あんど》したりして。

涙《なみだ》が、ぐずぐず滲《にじ》んだ。

「わたし、いいお姉ちゃんかな?」

「最悪……」

「海《うみ》まで泣いてしまった」

「泣くに、決まっとるやろ……」

情緒《じょうちょ》は蛇《へび》の模様みたいな形にズタズタだ。あたしの心に傷と、染《し》みる涙《なみだ》と、生きているって実感を与《あた》えてくるのはこの人だけだった。

おねえちゃんだ。この人はあたしの初恋《はつこい》の……姉。

「おねえちゃんだけど、すき」

ぐるぐる回っとるだけでなにも生まない頭から転がってきたのは、そんな答えだった。

酷《ひど》い人、だけど好き。お金であたしを買う人、だけど好き。

きっとあたしを騙《だま》してる人、だけど好き。

どんな条件も、感覚も、最後はそんな風に落ち着いてしまう。

それは呪《のろ》いを祝福してしまい、誰《だれ》にも解けなくなった手遅《ておく》れの症状《しょうじょう》かもしれなかった。

「ん、好きな答え」

おねえちゃんは嬉《うれ》しそうに、あたしの髪《かみ》を指で梳《す》く。へにょへにょに弱った髪《かみ》が梳《す》かれて少し真《ま》っ直《す》ぐになる度《たび》、あたしの心も整っていく気がした。多分、気のせいだった。

「海《うみ》におねえちゃんって呼ばれるのもなかなかいいねぇ」

「おねえちゃん……」

あたしの方は、妹でも彼女でも呼び方が変わらんのやな。なんか、勿体《もったい》なく感じた。

……いもうとちゃん？

他人様《ひとさま》の妹を呼ぶみたいに距離《きょり》が広がってしまう。なんでや。

「お母さんが言わんかったら、ずっと、おねえちゃんだって言わんかったの？」

「んー……」

おねえちゃんが遠くを見つめるように、目を細める。

「こんなことを言っちゃうと先入観与《あた》えてしまうかもしれないけど、地平《ちたいら》の人間ってカスぞろいだから。アネキどう思うかというとそう思う。あ、わたしも含《ふく》めてね。関わるときっと海《うみ》が嫌《いや》な思いをすること請《う》け合《あ》いなので、言わない方がいいかなぁと考えてた」

「そんな家、しらんわ」

「うん、それでいい」

「それに、おねえちゃんはカスなんかじゃない」

あたしの中で輝《かがや》けるものは、綺麗《きれい》なものは、たった一つのものは……おねえちゃんだけだ。

そのおねえちゃんを、たとえ本人であっても否定するならあたしは、怒《おこ》るのだ。

「おねえちゃんはいいひとで、優《やさ》しくて……おねえちゃんで、おねえちゃんだから」

生まれて一時間も経《た》っていないおねえちゃんという存在が、どんどん、あたしの中で膨《ふく》らんでいく。涙《なみだ》が汗《あせ》くらい緩《ゆる》やかに流れては、音もなく地面を微《かす》かに濡《ぬ》らす。

「ありがと」

おねえちゃんが、またあたしの頭を撫《な》でる。前は子供扱《こどもあつか》いされるのは嫌《いや》だった。

今は、喉《のど》の周りがふわふわふわする。

「でも人を見る目は養わないと駄目《だめ》だよ？」

「……おねえちゃんしか見んから、そんなのいらん」

あたしは、そういう生き物になってしまった。されてしまった。

「ふむ。そういう考え方もアリか」

おねえちゃんはいつもあたしを否定しない。包んで、撫《な》でて、受け入れてくれる。そんな人がお金で結ばれる人になって、次は彼女になって、今は本当のおねえちゃん。

距離《きょり》が近くなっとるのか曖昧《あいまい》で、頭おかしくなりそうだ。

「……だから、おねえちゃんも、あたし見て」

「見てるよ？」

「他の子見ないで、あたしにして」

あたしだけ、って言おうとしてでも舌がそこまで回らなかった。

「海《うみ》はわたしにとって特別だって言ったじゃない」

「あんなの、会った子みんなに言っとると思っとった」

「ふ」

なんやそのやるじゃないという唇《くちびる》の端《はし》っこの上がり方は。

「特別って、みんな好きだよね。居場所が欲《ほ》しいんだ」

人差し指をくるくる回して、宙に描《えが》いたものを見ておねえちゃんが笑う。

「そんな綺麗《きれい》にまとめる話かな……」

「女の子はみんな綺麗《きれい》だからいいと思うなー」

「……ほんと、この人は」

言ってることの意味がわからん。

でもこの人がこんな性格じゃなかったら、少なくとも今、このアパートにはいなかった。

それは星《ほし》さんとも出会わんかったことを意味する。星《ほし》さんはいいやつだから、友達になれてよかったとあたしは思っとる。でも星《ほし》さんは、あたしと『友達』にはなりたくないかもしれん。

……良くも悪くも、おねえちゃんとの出会いは色んなものをもたらしたのだ。

「お金くれたのって、そういう？」

「うん。実益も兼《か》ねていたけど」

「じつえき？」

「はっはっは」

はっはっはじゃないが。結局、女子高生大好きな危ない人なのは確かなのだ。

「でも海《うみ》、同じ瞳《ひとみ》の色だけど不思議に思わなかった?」

「同じやから、ありふれとるのかと思った……」

普段《ふだん》、人の顔なんか注目しないで生きていたし。なにより、自分の顔なんて見たくないから無視していた。だからぜんぜん、気づきもしなかった。あんなに、おねえちゃんの瞳《ひとみ》を覗《のぞ》き込《こ》み、見つめられて、目の奥ぐるぐるさせていたのに。

「なるほどそういう捉《とら》え方もあるか。海《うみ》のそういう手付かずなとこ、貴重かもね」

おねえちゃんが嬉《うれ》しそうに膝《ひざ》に手を置き、立ち上がる。光を吸った浴衣《ゆかた》から、色合いの濃《こ》い影《かげ》があたしに伸《の》びてきた。

「おねえちゃん?」

「話しておかないといけないことは、大体終わったかなぁって」

お開きの空気を感じて、しゃがんだままよろめくように身体《からだ》が揺《ゆ》れた。

「……え、おねえちゃん、どっか行く、の?」

どんな聞き方だとは、自分でも思う。別に一緒《いっしょ》に暮らしているわけでもない。

別れがあるのは当たり前なのに。

でもおねえちゃんなら、おねえちゃんなら……なんやろ。

感情の形はしっかり出来上がっているのに、名前がわからなくて、ずっとその輪郭《りんかく》をなぞりながら焦《あせ》っている。

おねえちゃんはそうしたあたしの心境を全部察しているように、手を差《さ》し伸《の》べてくる。

「じゃあ海《うみ》、このまま一緒《いっしょ》に行く？」

あたしの手を恭《うやうや》しく取ったおねえちゃんが、優《やさ》しく問いかける。あたしはその握《にぎ》られた手を、離《はな》したくなかった。うんとも、いいえとも言わないで、それだけが大事なことに思えて握《にぎ》り返《かえ》すと、自然立ち上がり、そのまま一緒《いっしょ》に歩き出していた。

蟬《せみ》が頭の裏側に止まったように、しゃわしゃわと近くで鳴いていた。

地面と自分の爪先《つまさき》ばかり見ているのに、どんどん前に進んでいく。おねえちゃんに引かれて……おねえちゃん？　おねえちゃん、とまた反芻《はんすう》するように確認《かくにん》してしまう。あたしは今、おねえちゃんと手を握《にぎ》っている。おねえちゃん？　昨日まで、彼女だった、おねえちゃん。

おねえちゃんの手は変わらず、温かい。最初はあたしの汚《きたな》い手を握《にぎ》らせて申し訳ない気持ちにさえなっていた。でもおねえちゃんはそんなことを気にする素振《そぶ》りもなく、その綺麗《きれい》な指先であたしの手をしっかり絡《から》めとってくれた。傷の治療《ちりょう》もしてくれた。治りの早い指を、あのときに初めて見た。

手を繋《つな》ぐと、心が上擦《うわず》りながらも安心する。

おねえちゃんと、このままどこまでも一緒《いっしょ》に歩けるんだろうか。

今日の端《はし》っこまで、明日の頭のてっぺんからつま先まで。

ずっと、おねえちゃんといっしょ。

ああ、それはいいなぁって胸が溺《おぼ》れるような幸せを感じ始める。

俯《うつむ》いていても、どこかへ行ける人生であるなら。そこにおねえちゃんがいるなら。

……いてくれるのだろうか？　この人は。

「……ねぇ」

「なぁに？」

手を引かれたまま、おねえちゃんの声が頭を撫《な》でていく。

「おねえちゃんって、あたしのこと、好き？」

「大好きだよ」

「今も？」

おねえちゃんがあたしの手を引き、背中を抱《だ》くようにして顔を寄せる。そのまま他の場所をぶつけることなく、滑《なめ》らかに唇《くちびる》をくっつけてきた。おねえちゃんの唇《くちびる》は夏の水気を含《ふく》んだように少ししっとりとして、なんでかいつもかさついているあたしのそれとは別物だった。

「なにが、どうなれば満足できるの？」

唇《くちびる》を離《はな》したおねえちゃんが、近いままあたしの目を覗《のぞ》き込《こ》む。

本当に、同じ色の瞳《ひとみ》。

色は一緒《いっしょ》で、でも、目に宿るものの柔《やわ》らかさは全然違《ちが》う。

おねえちゃんはいつだって、しなやかだった。

「ん……」

「抱《だ》っこ？　キス？　遊園地に連れていく？　えっちなこと？　美味《おい》しいものを食べる？　それとも、鳩《はと》の豆やり？」

「ハト？」

「海《うみ》はなにがほしい？　おねえちゃんに言ってごらん」

こっちの質問は軽《かろ》やかに流して、おねえちゃんが、優《やさ》しく首を傾《かし》げる。

「わたしもおねえちゃんにまだ慣れてないの。だから教えて、海《うみ》」

そう言われると、そっか、ってなる。おねえちゃんだって、今日からおねえちゃんのつもりなのかもしれない。なんでも知ってて、なんでもできそうな人と、やっと経験が並ぶのが姉妹《しまい》って関係についてなのだ。

ここからあたしは、どういうおねえちゃんに、どういう妹でやっていけばいいのか。

おねえちゃんに、なにを求めるのか。

あたしの、欲しいものは。

「あたしは……」

「ちょっとっ」

繋《つな》がった糸でも引っ張られるように、後頭部が、かくんと傾《かたむ》く。

急に声をかけられた。知っている声だった。

振《ふ》り向《む》くと、星《ほし》さんが、肩《かた》を上下させながら立っていた。

誰《だれ》の手も取っていないその指先は固く握《にぎ》りしめられている。汗《あせ》で額に張りついた前髪《まえがみ》が光を受けて金色を増している。真昼の星《ほし》さんは眩《まぶ》しい。青空と被《かぶ》って見えない星みたいに。

「どこ行くつもり？」

「どこって」

しらん。おねえちゃんに、ついていっていただけだから。

「勘《かん》がいいね、タカソラ。そういうとこ、いいなぁ」

んふんふ、とおねえちゃんが星《ほし》さんを値踏《ねぶ》みするように見つめて笑う。おねえちゃんが星《ほし》さんを褒《ほ》めているのを見ると、微笑《ほほえ》みかけているのを見ると、目が優《やさ》しくなっているのを見ると、胸の底に黒い線がいくつも走っては交差する。

おねえちゃんは間違《まちが》いなく、星《ほし》さんも気に入っている。

おねえちゃん……星《ほし》さんとは、姉妹《しまい》じゃない。

他の関係になれる人。

想像するだけで、肺が泥水《どろみず》で満たされるようだった。

「どこへ行くの……か。人が一番知りたいことなんだろうね、きっと」

「は？」

理解の足踏《あしぶ》みは星《ほし》さんとあたし、どちらが発したものなのか。

「タカソラにもう少し、海《うみ》を預けておこうかな」

おねえちゃんが手を離《はな》す。そして、あたしを贈《おく》るように肩《かた》を優《やさ》しく押して、星《ほし》さんの隣《となり》へ動かす。

「海《うみ》、タカソラと仲良くね」

「え……あ」

戸惑《とまど》っている間に、おねえちゃんが星《ほし》さんの側《そば》に、瞬《また》く間《ま》に距離《きょり》を詰《つ》める。急いでいるわけでもないのに、すっと、滑《すべ》るように一瞬《いっしゅん》で詰《つ》まる。引きそうになった星《ほし》さんの肩《かた》を摑《つか》み、その耳元に口を寄せてなにかをささやいた。星《ほし》さんはそれに、鋭《するど》い目つきと曲がった唇《くちびる》を返すだけだった。

「それじゃあね、海《うみ》」

これまでとまったく変わらない、そよ風を纏《まと》うような挨拶《あいさつ》と別れ。

あたしの意見を聞いているようで、聞かないでずんずん進んでいく。

結局、一緒《いっしょ》には行けんのか？

……でもそれ自体はこれまで当たり前で、でも……おねえちゃんやから。

「あ……」

おねえちゃんが、離《はな》れていく。あたしから、遠くに行く。

ばいばいは、怖《こわ》かった。

「おねえちゃん！」

これまでのどの呼びかけよりも淀《よど》みなく、その人をそう呼び止める。

ぎこちなく、手を振《ふ》る。手首が硬《かた》すぎて、振《ふ》ったら取れそうだった。

「また、ね」

「ん」

「すぐ、また、」

「ん、すぐ」

あたしの取り留めもない言葉を掬《すく》い上《あ》げて、おねえちゃんが強く頷《うなず》いた。

それ以上、おねえちゃんを引き留める方法があたしにはなかった。足首まで夏の暑さが染《し》み込《こ》んできて、急に気温を感じ出す。それまで息を止めているみたいに、色んなことを忘れていた。おねえちゃんしか感じていなかった自分が、現実へ引《ひ》き戻《もど》されたみたいだった。

その現実には、金髪《きんぱつ》の女の子が立っていた。

そうして、二人になって。

傍《かたわ》らの星《ほし》さんは前髪《まえがみ》を邪魔《じゃま》そうに掻《か》き上《あ》げてから、向き直り、ぐっとまた拳《こぶし》を握《にぎ》って。

「行こう」

言葉を尖《とが》らせて、力強く、あたしに促《うなが》す。

お腹《なか》にまで力を込《こ》めているのが、シャツの上からでも伝わってきた。

そこには、あたしみたいに今ふわふわしとる人間を引っ張るには十分な力があった。

「邪魔《じやま》、しちゃったけど」

「うん……」

お互《たが》いの言葉がはっきり続かない。しちゃったけど、なんだ。

「いきなり、キスとかするから……声をいつかければいいか、困った」

「ああそう……」

それならかけなくても……よかったのかな？　おねえちゃんと一緒《いつしよ》に行けなくて……でも、そんなに、帰ることにも抵抗《ていこう》はなかった。まだ頭の混乱が収まってない。おねえちゃんの存在が大きすぎてずっと、頭の中でわんわん鐘《かね》が鳴るように揺《ゆ》れている。まったく冷静じゃないから、なにをされても心に響《ひび》かんと言うか。

星《ほし》さんがなんで追いかけてきて、こうなっとるのかも、上手《うま》く受け止められていない。

少し、時間が必要だった。

おねえちゃんはその時間をあたしにくれたのだ。……多分。

前を向くと、ぜんぜん、アパートが見えない。結構な距離《きより》を知らない間に歩いていた。

そんなに距離《きより》があったのに走ってきたんやなって、星《ほし》さんの汗《あせ》を横目で見る。

……星《ほし》さんも、変わった人だ。

「おねえちゃんに、なに言われたの？」

帰り道、それだけ星《ほし》さんに聞いてみた。

「当たり前のことを、ちょっと言われただけ」

星《ほし》さんの返事は短く、内容もぼやかすように薄《うす》い。

問《と》い詰《つ》めようかと思って、でもそれを実行に移す間もないくらい、足は速く前に進んでいく。

「ふぅん」

アパートまでの会話は、それだけだった。

結構な時間があったはずなのに、まばたきの向こうに控《ひか》えていたように夜が訪《おとず》れる。

気づいたら、足の虫刺《むしさ》されを爪《つめ》で潰《つぶ》しながら真っ暗な天井《てんじょう》を見つめていた。虫刺《むしさ》されに爪《つめ》でばってんを作ってしまうのは私だけなのだろうか。痒《かゆ》みが治まるわけでもないのに。

肌《はだ》を苛《いじ》める微《かす》かな痛みと共に、ゆっくり、潜《ひそ》めるような息を吐《は》く。寝苦《ねぐる》しい暑さは昨日と変わりなく部屋の一部となり、扇風機《せんぷうき》が弱く回る音を頭の上に聞く。

同居人の寝息《ねいき》はその羽根に紛《まぎ》れるように届かない。寝息《ねいき》は。

「…………………」

なにを察知して、二人を追いかけたのだろう。なんとなく嫌《いや》な予感がして、なんとなく外に出て、気づけばアパートの扉《とびら》も閉じないで走っていた。私が追いかけなかったら二人は、水池《みずいけ》さんはそのまま出ていって二度と帰らなかったのだろうか。

いきなり現れて、なにも言わないで消えていく。

そんな流れに納得《なっとく》できなくて、私は夏の空の下を走り抜《はしぬ》けたのかもしれない。そして、今日も一緒《いっしょ》の部屋で水池海《みずいけうみ》が寝《ね》ていることに、落ち着かないものと、ざわめくものを感じているのだった。

タオルケットさえ肌《はだ》に触《ふ》れると息苦しい。でもなにか被《かぶ》っていないと、どうしてか心細かった。

『わたしの妹、可愛《かわい》いでしょ』

悪い女が去り際耳打ちしたのは、そんな当たり前の自慢《じまん》だった。

妹。

ろくに顔も合わせないうちから姉の方に感じていた慣れ親しみは、その血と瞳《ひとみ》の色にあったのかもしれない。悪い女、顔のいい女、私の恥《はじ》をたくさん見た女、優《やさ》しい女、嫌《いや》な女。

妹を抱《だ》いた女。

めちゃくちゃな存在だった。私の常識には、およそ収まりきらない。

でも。

嫌悪感《けんおかん》より、ちりちりと指を苛《いじ》める焦燥《しょうそう》が先立つのは、私も末期なのだろうか。

眠《ねむ》れない時間に苛立《いらだ》ち、目を瞑《つぶ》る。

うっすら浮《う》かぶ汗《あせ》を、扇風機《せんぷうき》が手遅《ておく》れに撫《な》でつける。

「おねえちゃん……」

「……きも」

か細い呟《つぶや》きが耳に入り、つい、とうとう、反応してしまう。

すぐに目を逸《そ》らしたけど、向こうがこちらに向き直る気配がした。

「きもってなに」

「さっきから十回くらい呟《つぶや》いてる」

こっちも逃《に》げるのをやめて向き合う。唇《くちびる》を尖《とが》らすような水池《みずいけ》さんの怒《おこ》り顔は平時より更《さら》に子供っぽくて、ふって、大きく息が抜《ぬ》けそうになった。

そんなに……？　と自分の発言に水池《みずいけ》さんが訝《いぶか》しむ。無意識に呼吸に混じるくらい、おねえちゃんで頭がいっぱいだったらしい。まぁ、隕石《いんせき》の如《ごと》き勢いで落ちてきた姉という存在について思うところが溢《あふ》れるのは、分からないでもない。それでも呟《つぶや》き方の湿《しめ》り気《け》はキモいけど。

「……おねえちゃんがなんなのさ」

あの女との距離感《きょりかん》が摑《つか》めなくなったまま、あの女の話をする。その妹と。

私を取り巻く世界は一体、どうなってしまったのだろう。

嫌《きら》いだけど。嫌《きら》いだけじゃなくなってしまったせいで。

水池《みずいけ》さんは被《かぶ》っていたタオルケットの端《はし》を摑《つか》んだまま、そっと、電話を見せる。

「おねえちゃん、からの返事がない」

「……そりゃそうでしょ」

「なんで？」

水池《みずいけ》さんが目を丸くしている。……え、本気で？　気づいてなかったのか。

「だって鞄《かばん》、忘れていったから」

「え？　……あ」

そう、地平《ちたいら》さんは鞄《かばん》をここに置いたまま帰ってしまったのだ。水池《みずいけ》さんが部屋から連れ出して、どこか行こうとして、私が邪魔《じゃま》して、地平《ちたいら》さんだけ去って……ほら、鞄《かばん》を回収する暇《ひま》がなかった。鞄《かばん》の中身自体は覗《のぞ》いていないけど、恐《おそ》らく電話もその中に残ったままだろう。

「そっか。あたしから逃《に》げとるとか、そういうんじゃないんだ……」

心が布団《ふとん》にでも包まれたように、水池《みずいけ》さんの漏《も》れる声と表情が安堵《あんど》で溶《と》ける。あの女は私欲に基《もと》づき返信や気配りに細かいので、そうした心配は不要だと思うのだけど。そういう仕事の人が営業メールを欠かさないようなものだ。

しかし地平《ちたいら》さん本人は大丈夫《だいじょうぶ》なのだろうか。電話、放っておいて。

明日あたりすぐに取りに来るかもしれない。そうしたら、また、私はどんな顔で向き合えばいいのか薄暗《うすぐら》い気持ちで悩《なや》む羽目になるのだろう。

あの女、悪い女、地平《ちたいら》さん、あの人。

向けている気持ちが不安定に傾《かたむ》き続《つづ》けて、それに応じて呼び方が千差《せんさ》万別《ばんべつ》に変化していく。

こんな複雑な感情を抱《いだ》く相手は後にも先にも、あの人だけかもしれない。なにしろ、あんな性格の人間に出会うなんて、これっきりだろうし、二人もいたら怖《こわ》い。

「ならええわ」

ぶつぶつ言っている水池《みずいけ》さんが、目をつむって納得《なっとく》するようにそう閉じる。そして電話を放り出したかと思うと、もぞもぞ床《ゆか》を這《は》いまわるようにしてこちらに近寄ってきた。

「なに？」

「そういえば、星《ほし》さんに聞くことあった」

「……それでその動きは……いや、いいや」

そのまま聞けばいいのにと思ったけれど、それじゃ駄目《だめ》だから動いているのだろう。

二人してもぞもぞ、床《ゆか》を這《は》いまわる。引いていた見えない境界線を無視するように、お互《たが》いの声を寄せるような形で。寝《ね》る方向を統一して間近にやってきたその顔が、夜に青ざめた中でも私の胸を叩《たた》く。

並んで寝《ね》ているような形が初めて訪《おとず》れて、一緒《いっしょ》の部屋にいる、っていうことを改まったように意識してしまう。

「話、って？」

水池《みずいけ》さんから積極的に話を振《ふ》ってくることは滅多《めった》にないので、警戒《けいかい》と、期待が高まる。

そうして、水池《みずいけ》さんが夜でも見分けがつくくらいの薄暗《うすぐら》い瞳《ひとみ》で私を覗《のぞ》く。

「おねえちゃん、と内緒《ないしょ》で会ってたんやろ」

えぐるように、私の心の内側を殴《なぐ》ってくる。

ああ、結局あの女の話か、とざらついた壁《かべ》に額を擦《こす》るような感覚だった。

「内緒《ないしょ》って……話す必要ある？」

ただ友達と遊んでいただけらしいし。地平《ちたいら》さんの大嘘《おおうそ》をそのまま言い訳に使うとか、いよいよ私も追《お》い詰《つ》められているみたいだ。でも他に、懇々《こんこん》と、なにを説明しろと言うのか。

話せることはあっても、話す義理はない。

「なんで？」

「そりゃ、話さんと」

分かってはいるけど目を逸《そ》らしてとぼける。

「あたしのおねえちゃんなんやけど」

タオルケットを除《の》けて身を起こした水池《みずいけ》さんが、眉根《まゆね》を寄せている。

あ、そっちなのかって思った。

彼女じゃなくておねえちゃん。

そしてそのこだわりというか嫉妬《しっと》の対象に、不思議だけど、なんでか、笑ってしまう。

「笑うとこあった？」

あった。

「シスコン」

「あぁ？」

「シスコンってやつでしょ、そういうの」

恋人《こいびと》が他の女を警戒《けいかい》するのは刺々《とげとげ》しいけれど、妹が姉を取られないかと心配するのは、若干《じゃっかん》丸いのかもしれない。妹という幼さが加わった影響《えいきょう》だろうか。微笑《ほほえ》ましさ、とでも言おうか。

水池《みずいけ》さんは眉《まゆ》を寄せたままの難しい顔を維持《いじ》して私を睨《にら》んでいる。

よほど気に障《さわ》ったのだろうか、と首を縮めるようにして身構えていると。

「しすこんってなに？」

怒《おこ》ったのかと思いきや、未知の単語に戸惑《とまど》っていただけらしい。

なにと聞かれたら、どう答えるのが適切な言葉なのだろう。こちらも感覚として言葉の輪郭《りんかく》をなぞっているにすぎないのだ。

「えっと……姉や妹が好きな人」

説明したら一度首を傾《かし》げた後、瞼《まぶた》と唇《くちびる》がまた尖《とが》る。

「おねえちゃんが好きで、なんか悪いんか？」

「ぜんぜん」

悪いとは誰《だれ》も言っていない。あんたの姉は悪い女だけど。

「でも、もう好きなんだ、おねえちゃんのこと」

そんなに早々に受け入れられるものだろうか。

「前から好きやったし」

「それは……別の好きじゃないの？」

種類の違《ちが》う愛情を一緒《いっしょ》くたにしてしまっているという危惧《きぐ》を指摘《してき》する。でもそれに対しての、まったくわからないとばかりの水池《みずいけ》さんの面倒《めんどう》くさそうな表情に、たじろぎそうになる。

「おねえちゃんとしての好きっていうのがなんなのか、ぜんぜんわからん」

「……ま、そうかもね」

まだ姉を知って一日経《た》っていないのだ。他に兄妹《きょうだい》なんていなかったのもあるだろうし、愛情の区別なんてつけるのは難しいのかもしれない。

「確かにおねえちゃんって急やったけど……お母さんもよく分からん人やし、お父さんなんてなんも知らんのやから、これからもっと兄妹《きょうだい》増えてもおかしくないわ」

「凄《すご》いこと言うなぁ……」

ぼやくように言ってから、目が右に、左に一周する。

「……私もそうか」

父親の記憶《きおく》は、髪《かみ》の色くらいしかない。私と同じ、金糸のような毛並み。

世界のどこかに血縁上《けつえんじょう》の兄や姉がいるかもしれないし、ある日急に誰《だれ》かにお姉ちゃんと呼ばれる時がくるかもしれないのだ。なんだそれ怖《こわ》い。この部屋にはもう流石《さすが》に誰《だれ》も入り込めないのに。

「酷《ひど》い環境《かんきょう》だね、お互《たが》い」

水池海《みずいけうみ》との、なけなしの共通点。一致《いっち》して喜べない、微《かす》かな共有。

「そうやな」と水池《みずいけ》さんも申し訳程度に頬《ほお》を緩《ゆる》めながら認めて。

「でも、おねえちゃんがおってくれたらええわ……」

途切《とぎ》れる寝言《ねごと》のように、夢の滲《にじ》んだ一言を残して水池《みずいけ》さんが目をつむる。

このまま眠《ねむ》るのだろうか、私と寄《よ》り添《そ》うように。

……それが許されるなら、もっと。

それこそ最初から、こうしていればよかったのかもしれない。

どうせ、部屋どころか心に住み着いてしまうのなら。

それとも、水池《みずいけ》さんがもっと前にあの女と出会っていた時点でやっぱり、手遅《てお》れなのだろうか。

手遅《ておく》れの初恋《はつこい》。

燃やせるものの何一つない、真《ま》っ新《さら》な水平線がどこまでも広がっている。

「…………………………」

私と、水池海《みずいけうみ》。
その間で出来ることは、なにかあるのだろうか。
生まれるものは、あるのだろうか。
夏の中心が近づいてくる。近づいている。
奇妙《きみょう》で、心に収まりきらない体験ばかりが津波《つなみ》のように押し寄せる、真っ青な夏。
その夏の中心に立ったとき。
すべての躍動《やくどう》するものが集《つど》ったとき。
なにを失い、そして。
なにを得られるだろう。なにを残すだろう。
このおかしく、複雑で、人の心を奪《うば》いつくす姉妹《しまい》と出会った夏に、私は。
「わたしは、」

『星に願いを』

My first love partner
was kissing

電灯をつけないで過ごす時間が多かったから、明るい場所にいると時々、意識が首を垂れる。それはあたしの諦念《ていねん》をわかりやすく示すようにずっと、残っていた。

明るい部屋の下で生きていけない人間。そんな風に思い込んでいた時期もある。

今はそんなことも忘れたように、蒸《む》し暑《あつ》い部屋の隅《すみ》に体育座りして、ぼーっとしている。暇《ひま》が許されている、好きに大人しくしている。……ええとこだ。

思わず静かに感動して、体育座りを維持《いじ》したまま左右に揺《ゆ》れてしまう。

荒《あ》れとる海をずーっと潜《もぐ》っていたら、最後は穏《おだ》やかなとこに出て留《とど》まっている感じだった。

海、行ったことないけど。

「暇《ひま》そうだし、掃除《そうじ》手伝って」

星《ほし》さんが部屋を覗《のぞ》いて、やや睨《にら》む調子で手招きしてくる。確かに暇《ひま》やし、ええかと床《ゆか》を押して立ち上がった。暇《ひま》は許されなかったけど、代わりに与《あた》えられるものは暴力ではなく労働だった。なにもするなではなく、なにかしろと言われる。新鮮《しんせん》だった。

そこまで広いアパートでもないから、掃除《そうじ》を二人で分けると結構早く終わる。ときどき、お母さんも気まぐれで手伝う。四人で住むのは正直狭《せま》いけれど、それなりに生活が回るだけでもあたしにとっては魔法《まほう》みたいなものだった。

なんで誰《だれ》もあたしを殴《なぐ》らんのやろうとふと考えてしまうくらいに。

なんで掃除《そうじ》しても怒《おこ》られんのやろう。なんで手伝っても叱《しか》られんのか。星《ほし》さん母子はあたしの中に培《つちか》われた常識にあてはまらない。世の中にはいい人もいるよって、チキさんだった頃《ころ》のおねえちゃんが言っとったけど、適当言ってるなぁとしか思ってなかった。

でもやっぱり、おねえちゃんは嘘《うそ》なんかついてなかったのかもしれない。

掃除《そうじ》の途中《とちゅう》、そのおねえちゃんの忘れていった鞄《かばん》を取る。中身はさすがに覗《のぞ》いていない。あれから取りに来る気配もなく、五日が経《た》っていた。おねえちゃん、困ってないんやろうか。

……届けに行く？　どうやって？　おねえちゃんの住んどるとことかしらんし。なんでここまで来てしらんこと山ほどあるのか。……ああでも、お母さんに聞いたらおねえちゃん家の住所はわかるのか。お母さんが今でも覚えとったらやけど。

「……ちょっとあやしーな」

鞄《かばん》を部屋の隅《すみ》に戻《もど》して、掃除《そうじ》を続ける。おねえちゃんの鞄《かばん》。他の誰《だれ》にも触《さわ》らせたくないって、そんなことを思った。

掃除《そうじ》を終えて、汗《あせ》で張り付きそうなシャツを引っ張っていると星《ほし》さんがこっちにやってきた。

「まだ暇《ひま》？」

「んー……暇《ひま》、うん暇《ひま》になった」

暇《ひま》じゃない時間ってあたしにあるんか？　勉強しているのは、あれ、まぁ普通《ふつう》のことやし。用事って無縁《むえん》だよなー、あたし。おねえちゃんとの約束以外で。

そのおねえちゃんから連絡《れんらく》なかったら、こんなにも、干《ひ》からびそうだ。

「それなら、スーパーまで付き合って」

荷物持ちに指名される。拒否権《きよひけん》あるかなぁと蟬《せみ》の鳴き声を聞きながら少し考えた。居候《いそうろう》が、図々《ずうずう》しく。

「……じゃ、行く」

ここにいてもおねえちゃんは来ない気がする。それなら外をうろうろしとった方がまだ会えるかもしれん。あり得ないかもしれんけど、あたしとおねえちゃんの出会いだってあり得んことが起きた結果みたいなものだ。

そのあり得ないに期待して、星《ほし》さんとアパートを出た。お母さんは朝からまたどっか出かけとる。意味とかは多分一切《いっさい》なく、単なる暇潰《ひまつぶ》しだ。あたしのお母さんって実は一番自由な人なのかもしれなかった。お金持ちでもなく家もないのに、自由ってなんだろう。

なんにもないのはあたしも同じなのに、こっちは、自由の欠片《かけら》も見つけられん。

「夏って、好き？」

大通りにある二階建ての大きな駐車場《ちゆうしやじよう》の前を通るとき、星《ほし》さんがそんなことを聞いてきた。

夏、と頭を振《ふ》る。空中が歪《ゆが》みそうな熱気、雲多めの空、蟬《せみ》、肌《はだ》が濡《ぬ》れるように強い日差し。

「考えたこともない」

「あ、そ」

「ので今考える」

夏のすべては今、呑気《のんき》に外を歩くだけで揃《そろ》っていると思う。取り巻く熱気は隙間《すきま》なく夏だ。

体温以上に温《ぬく》もった水たまりに全身浸《ひた》っている感覚がずっと続く。これが好きか嫌《きら》いか。

歩きながら、がんばって夏と向き合う。

肩《かた》のあたりは特にがんばる。

じっとりと浮《う》かぶ汗《あせ》が好きか嫌《きら》いかというと、うーんうーんうーんと唸《うな》って。

「わからん」

流して気分のいい汗《あせ》と、悪い汗《あせ》があるので、このあたりはとても難しい。

でも星《ほし》さんの聞きたいことって、これでいいんやろうか？

哲学的《てつがくてき》とか、そういうのはあたしの頭の外にある。宇宙人語だ。

星《ほし》さんは軽く息を吐《は》いた後、「あっつ……」と頭を掻《か》いて。

「私は、好きと嫌《きら》いがくるくる回ってる」

そう話しながら、星《ほし》さんの目がなにか言いたそうにこちらを向いていた。

「忙《いそが》しそうやな」

「おかげさまで」

表面を撫《な》でるだけで、どちらの手も逃《に》げる。

あたしが踏《ふ》み込《こ》む意味はなく、星《ほし》さんは、踏《ふ》み込《こ》むのを怖《こわ》がって。

それくらいは前提さえあれば、あたしだって感じ取れる。

星《ほし》さんが、あたしを好きだって前提を知っていれば。

……まだ好きなんかな？　けっこう、あたしってひどい態度なのに。

おねえちゃんみたいに優《やさ》しくないのに。

優《やさ》しくないのに好きなんか？　どこを？

「どっちで終わるだろ……」

星《ほし》さんが苦しそうに、険しい目で、そう呟《つぶや》くのが聞こえた。

スーパーでは星《ほし》さんの指示に従って棚《たな》を巡《めぐ》り、その辺に転がる果物の一つになった気分で涼《すず》んだ。合間にお母さんの姿を探してみたけど、今日出かけた先はスーパーではないみたいだった。となると、図書館あたりだろうか。お母さんほど、誰《だれ》と会ってなにがあっても一切《いっさい》変わらん人は他にしらない。あたしだってこんなにも変わったのに。

ずっと一緒《いっしょ》にいたのに、なんか印象が薄《うす》い。

強いのか弱いのか、よくわからん人だった。

恩はあっても、なんか、ピンと来ない。

星《ほし》さんが買ったものをバッグに詰《つ》めていくのを、横で覗《のぞ》くように見守る。あたしがやったら適当に手に取った順に詰《つ》めて終わりだろうけど、星《ほし》さんにはちゃんと順番があるらしい。残っている品物を見て、選びながらバッグに入れている。なんの法則があるんやろうなーって、その順番を目で追ってみるけどぜんぜんわからん。そして他にやることなくて、あんまり見ているからか星《ほし》さんが視線を気にしたように顔を上げてきた。

「なにか」

「入れ方になんかルールがあるんかなぁって見とる」

ああ？　と星《ほし》さんが一度首を傾《かし》げる。そして摑《つか》んでいた野菜を一瞥《いちべつ》して、「ああ」と理解したらしい。

「これはえぇっと……最初は牛乳とかを隅《すみ》っこに入れて柱みたいにして、潰《つぶ》れにくいものを入れて、その上に柔《やわ》らかいものを……みたいなやつ」

「へぇ……うん、んー、んー」

「……そんなに感心すること、ある？」

ぼすぼすと残っていた野菜を縦に差し込みながら、星《ほし》さんがなにかを隠《かく》すように目を伏《ふ》せては瞑《つぶ》る。

「いや星《ほし》さんって賢《かしこ》いのかも……とちょっと思った」

瞑《つぶ》った目をあっという間に開いてこちらを向き、なにか言いたげに光が瞳《ひとみ》の端《はし》に寄っている。

あたしも言い方悪いかなと言ってから思って、遅《おく》れて考えてみたものの上手《うま》い言い方が他に

思いつかんかった。こういうとこが頭の良《よ》し悪《あ》しの差であり、おねえちゃん凄《すご》いなぁと見上げてしまう理由なんだろう。

「ま、いいや」

星《ほし》さんが若干《じゃっかん》の不満を潰《つぶ》すように、大根をバッグに刺《さ》した。

「荷物持とうか?」

「ええわ」

あたしの真似《まね》をするような星《ほし》さんの発音で、なんとなく腰《こし》に手を当てながら歩いた。膝《ひざ》の裏が突《つ》っ張《ば》るような、このすっきりしない感覚。……あれか、真似《まね》されてムッとしとるんか、あたし。あたしなんて真似《まね》したがるやつ、今までいなかったから……不思議だ。

行きと同じ道を、同じ暑さの中で引き返す。違《ちが》うのは揺《ゆ》れる買い物バッグがあたしたちの間にあることと、遠くから微《かす》かに、踏切《ふみきり》の警告音が聞こえること。スーパーに来る途中《とちゅう》で越《こ》えてきた踏切《ふみきり》を思う。

カンカン鳴るあれを聞くと、なぜか落ち着かなくなる。

早く帰らないといけないって気になる。なんかあったんかなぁと昔を振《ふ》り返《かえ》っても、俯《うつむ》いとる自分の記憶《きおく》ばかりで地面しか思い出せん。整った地面、荒《あ》れてた足下《あしもと》、水たまり、どこにでも生える、汚《きたな》い靴《くつ》。……ああ、靴《くつ》買いに行かんと。おねえちゃんの隣《となり》に立っていても、恥《はじ》かかんように。思考はそうやって、最後に横溝《よこみぞ》に流れ落ちるように、おねえちゃんに行き着く。

大通りから細い道に入ると、さっきまで鳴っていた踏切《ふみきり》が見えてくる。あの踏切《ふみきり》を越《こ》えて、あたしは……そう、帰る。あたしとなーんにも関係ない、ただの同級生の家に。

改めて考えると、なんで当たり前のように歩いとるのか。

それを受け入れる星《ほし》さんも大概《たいがい》、変なやつやな。

その星《ほし》さんと買い物バッグが一度、前後に揺《ゆ》れてから止まる。

釣《つ》られるように、あたしの振《ふ》りかぶった足は宙を蹴《け》って引き返してくる。

星《ほし》さんの控《ひか》えめな声と指先が、通りかかったビルを指差した。

「ねぇ、ちょっと寄ってかない？」

踏切《ふみきり》を見てから三歩、前に進む間に心を硬《かた》くした。声が不用意に弾《はず》まないように。

手首と心臓の底に、とりわけ力を込《こ》める。

そしてその引《ひ》き絞《しぼ》られた部分を踏《ふ》みつけるように、声が生まれる。

寄っていかないかと、夏のそれと別種の汗《あせ》を浮《う》かべながら言ってみた。

だってこのままアパートに帰ったら……それだけだ。いつもと変わらない。変わらないものをずっと繰《く》り返《かえ》して、なにかが変わっていくことを願うのは……傲慢《ごうまん》だ。

だから勇気という得体のしれないものに頼《たよ》って、私は寄り道をしてみようというのだ。

「なにそれ」

指差した先を水池《みずいけ》さんが前屈《まえかが》みに覗《のぞ》き、ついでに顔にはりつく髪《かみ》を邪魔《じゃま》そうに払《はら》う。なにと聞かれた意味を少し探《さぐ》る。誘《さそ》った意味か、それとも指差した先にあるものか。水池海《みずいけうみ》の余分なものがない、薄暗《うすぐら》い瞳《ひとみ》を掬《すく》い上《あ》げると、なるほどこれがなにか知らないのだと悟《さと》った。

「喫茶店《きっさてん》」

この同い年の少女は今までどうやって、なにを見て生きてきたのだろう？　私との間で、日常というものへの認識《にんしき》に齟齬《そご》がありすぎる。

きっさてん、と言葉をなぞった水池《みずいけ》さんが謎解《なぞと》きでもするように顎《あご》に手をやる。

「お茶を飲むとこ」

「そうそう」

なにこのやり取り。

水池《みずいけ》さんの目がちょっと横に泳いで。

「どうとるか」

「どーとる？」

今度はこっちが謎解《なぞと》きを押し付けられる。

「でもあたし財布《さいふ》ないから、座っとるだけでもええんか？」

手ぶらを示すように、水池《みずいけ》さんが空手を振《ふ》る。それなら奢《おご》る、と言いかけていやそれでいいのかと躊躇《ためら》う。私はこいつに、仕えたいわけじゃない。

でも好かれたいのも事実で、そのためにお金を使うのは悪いことではない気もするし、あの女も規模が違《ちが》えどやっていたことで、じゃあそれでいいのかと思うけど変に抵抗《ていこう》はあって。あれが悪い女とは知っているから、悪い女を真似《まね》したところで、行き着く先は悪い女でそれでいいのかという迷いが生じてつまり。

わからない。

「私が出しとくから、後で払《はら》ってくれたらいいよ」

「あー、そういう方法もあるんか……なるほど」

水池《みずいけ》さんも納得《なっとく》してくれたみたいだし、多分、これでいい。

対等、私たちは対等。

均等で……なんの、偏《かたよ》りも生まれない。

その喫茶店《きっさてん》はよく目にすることはあっても、入ったことはこれまでなかった。『氷』と表に幕がぶら下がっている。季節柄《きせつがら》みたいな顔をしているけどこの喫茶店《きっさてん》には通年かかっているのだった。冬に注文しても本当にかき氷が出てくるのかは知らない。店内は狭《せま》く、テーブルが二つとカウンター席が少しだけだ。小さなビルの一階をくりぬいて、洞穴《ほらあな》を作ったような印象の色合いと広さだった。

屋内の隅《すみ》っこは切ったチーズを連想させるくらい狭《せま》く、鋭利《えいり》に仕上がっている。

幸い、狭《せま》いせいもあってか冷房《れいぼう》はやや過剰《かじょう》なくらい効いていた。

それだけで、今はほとんどのことが前向きになる。

「いらっしゃい」

カウンターの奥に座っていたお爺《じい》さんが、やや戸惑《とまど》ったように立ち上がる。私たちみたいな客は珍《めずら》しいのかもしれない。お爺《じい》さんは夏を満喫《まんきつ》するように日焼けして、そのせいか髪《かみ》の白さが目立っていた。後ろで結んだ髪《かみ》の先端《せんたん》が緩《ゆる》く跳《は》ねている。ラフなシャツと相まって、喫茶店《きっさてん》よりも海にいる方が似合いそうな風貌《ふうぼう》だった。

駅まで行けばもっと広いコーヒーショップはあって、でも夏の暑さがそこまでの遠回りを拒《こば》んだ。水池《みずいけ》さんと向かい合って座る。私たち以外に客の姿はなく、壁《かべ》が間近にあるせいか妙《みょう》な圧迫感《あっぱくかん》があった。

「ご注文は？」

買い物バッグを置いてすぐ、お爺《じい》さんが尋《たず》ねてくる。

「私は……アイスコーヒーで」

普段《ふだん》は飲まないけど、まぁ、なんとかなるだろう。

私とお爺《じい》さんの視線が水池《みずいけ》さんに向く。水池《みずいけ》さんは「こ」と言いかけて、口を一度閉じて。

「りんごジュースありますか」

「勿論《もちろん》」

じゃあそれで、と水池《みずいけ》さんが若干《じゃっかん》俯《うつむ》きがちに、目を合わせないように注文する。見た目が華《はな》を保っているから勘違《かんちが》いしがちだけど、こいつ、根暗だよなとこういう時に思い出す。

そんなやつと目を合わせて話せてる私って、と錯覚《さっかく》しそうになる。内臓が軽くなって、浮《う》かれている自分を自覚する。ちょっとしたことでの浮《う》き沈《しず》みが激しくて、ああ、恋《こい》って体力の消耗《しょうもう》激しいなって他人事《ひとごと》みたいに憂《うれ》えた。

「リンゴジュース、好きなんだ」

「甘い」

理由と返事、どちらも簡潔だった。そして、珍《めずら》しくちゃんと笑った。

「ちがうちがう。そうやないな、好き」

「……そう、なんだ」

微笑《ほほえ》まれて、正面から好きだなんて言われると、誤解してしまいそうだった。少なくとも耳は勘違《かんちが》いしたらしく、耳たぶが熱い。穴が空いて、血でも流れるように。

お爺《じい》さんが持ってきた水のコップを受け取り、氷がぶつかり合う涼《すず》しい音を楽しむ。見ると水池《みずいけ》さんもコップをゆらゆらとさせて同じ遊びに興じていた。自分を含《ふく》めて客観視なんて無理だけどなんとなく、向こうの方が子供っぽい仕草に思えた。似合っている、ってことだ。

やや薄暗《うすぐら》く落ち着いた店内で、その特異な色合いの瞳《ひとみ》が静かに輝《かがや》いている。深海で宝石を見つけたように。

見つめていると、声と呼吸を柔《やわ》らかく失いそうになる。息苦しさとかけ離《はな》れて、ゆっくり。暑さ、汗《あせ》、匂《にお》い。他の感覚までおこぼれに与《あずか》ろうとするように、その視線の根っこに集《つど》う。なにをやってもこんな集中力持たなかったのに、ああ、ずっと見ていられるって思う。

……そんな風に。

目でなにかを捉《とら》えることに集中していたせいというか。

端《はし》でなにかが動くのを鋭敏《えいびん》に捉《とら》えて、ふとそちらを向くと。

ぎょっとした。入り口の扉《とびら》に張り付いている顔と目が合ったのだ。硝子《ガラス》に張り付くように、まったく無遠慮《ぶえんりょ》にぎょろぎょろ覗《のぞ》くその目が、気づかれたことを嬉《うれ》しがるように緩《ゆる》む。そして扉《とびら》を開ける。

入ってきたのはまったく知らない女性だった。歳《とし》はうちの母親とそう変わりないように見えた。でも躍動感《やくどうかん》が全身から溢《あふ》れているというか、健康的な体格をしていると思う。

元気はつらつ、言い方を変えると、落ち着きがなさそうだった。

「客入ってるとこ初めて見たぜ！」

開口一番、そんなことを快活な笑《え》みと共に言う。顔を上げたお爺《じい》さんは歓迎《かんげい》の挨拶《あいさつ》の代わりに溜息《ためいき》をこぼした。

「そうだなお前は客じゃないもんな」

「プレミアムアイスカフェラテ一丁！」

「もう一回言ってみろ」

「プレミアム！……あー、カフェ、カフェ、カフェワン！」

「帰れ帰れ」

しっしとお爺《じい》さんが手で払《はら》うと、なっははと笑いながら女性が軽快に去っていく。声も足取りも踊《おど》るように軽い。なんだったのだろう、この人。しかしよく見ると、どことなく見覚えある顔だった気もする。……誰《だれ》に似ていたのだろう？

「すいませんね、騒《さわ》がしくして」

お爺《じい》さんが座ったままこちらに声をかけてくる。

「あれが大人になる前からの顔なじみなんですけどね、飲んでいったのは数えるくらいだ」

「はぁ……」

ニワトリみたいな人だった。水池《みずいけ》さんはその勢いに引いたように若干《じゃっかん》、壁側《かべがわ》に仰《の》け反《ぞ》っている。

「色んなお母さんがいるもんやな」

誰《だれ》と比較《ひかく》したのか想像の容易《たやす》い呟《つぶや》きだった。

「そうだね……」

今の人が誰《だれ》かの母親かは分からないけど。結局、誰《だれ》と似ていたのか思い出せなかった。

それから待つ間、私たちは時々目が合いながらも言葉を交《か》わさなかった。話題を探そうにも出てこないなら、無理しなくてもいいかって冷房《れいぼう》の風に身を任せてしまう。それでも出てくる共通の話題というと、あの女くらいしかない。最悪、とそれはそれで笑えるのだけど、今は忘れたかった。

その無理をしなくていいっていうのが、一緒《いっしょ》にいる中で一番大事なんじゃないかって思う。

毎日食べられる白米の味を大事にしよう、みたいなこの考え。

水池海《みずいけうみ》が毎食肉を食いたい女でないことを、私としては願うしかなかった。

「お待ちどう」

ほどなくして、お爺《じい》さんが注文したコーヒーとリンゴジュースをそれぞれの前に置いてくる。コーヒーからは湯気が上がるけれど、リンゴジュースは対比するようにグラスと氷が透《す》き通《とお》っている。ホットリンゴジュースはなかなか聞いたことがない。アップルティーは、また違《ちが》うか。

そしてなにかを疑問に思ったけど、その前に水池《みずいけ》さんのリンゴジュースを飲む姿に目が行く。大事そうにグラスを小さな手で包んで、ストローで少し吸い込む。そうしてから舌で口の端《はし》を少し舐《な》めて、テーブルの下を覗《のぞ》くような若干《じやっかん》ズレた目線のまま微笑《ほほえ》むのだ。

今度スーパーに行くときは、リンゴジュースを買うのもいいかもしれなかった。

それは無駄《むだ》な出費なんかじゃない、とその笑顔《えがお》を前にすると思ってしまうのだ。

こっちも砂糖を適当に入れてから、コーヒーカップに口をつける。香りと熱が同時に鼻と口を満たして、強烈《きようれつ》、と気圧《けお》される。味わうなんて余裕《よゆう》もなく喉《のど》を焼く奔流《ほんりゆう》に目を白黒させながら、なにかがおかしいぞ、と疑問を抱《いだ》く。

でもその疑問に合わせるように、また水池海《みずいけうみ》が来るのだ。

「コーヒーってそんなおいしいんか？」

子供みたいな疑問を口にしてきて、正直、かわいいと思った。

水池《みずいけ》さんは同級生だったり、子供だったり、流石《さすが》に赤《あか》ん坊《ぼう》まではいかないけど、様子がころころ切《き》り替《か》わる。まだ確立しているものが少なくて、だから一層、目が離《はな》せないのかもしれない。

「飲んでみる？」

コーヒーカップを譲《ゆず》ると、少しの間を置いて水池《みずいけ》さんがカップに指を伸《の》ばして引っかける。慎重《しんちょう》な手つきで持ち上げて、薄《うす》くかさついた唇《くちびる》をゆっくりくっつける。険しい顔つきは、コーヒーを不格好にすすってからも変化なかった。

「あっつ」

「そりゃまぁ」

湯気いっぱいなくらいだし。……ん？

「それに、どろっとしとる」

「どろっと……んー、そう感じる人もいるか」

リンゴジュースと比べたら舌ざわりは重いかもしれない。コーヒーを体験した水池《みずいけ》さんの顔は渋《しぶ》く、それは私にとって期待通りの表情でもあった。

水池《みずいけ》さんがコーヒーを返してから、はっとしたように自分のリンゴジュースを見つめる。私の顔とグラスを交互《こうご》に確認《かくにん》するように眺《なが》めて、すっと差し出すような仕草を一瞬《いっしゅん》見せたり、引っ込めたりする。なにしてんの、と一瞬《いっしゅん》疑問だったけど、ああ、お返しね、と気づく。

見るからに惜《お》しそうだけど。

コーヒーとかめっちゃまずかったけど交換《こうかん》せんとあかんのかな、くらい思っているのかもしれない。

そんな胸の内を思うと、ちょっとおかしかった。

「いや、いいです」

葛藤《かっとう》を察して、どうぞどうぞとリンゴジュースのがぶ飲みを促《うなが》す。水池《みずいけ》さんは上目遣《うわめづか》いでこちらを向いたまま、ちゅるちゅると少しずつジュースをすすっている。小動物が水を飲む仕草みたいだ。こっちはそんな気軽に飲める熱さでもないコーヒーを、平静を装《よそお》って真似《まね》るように口をつけ続ける。飲みながらやっと気づいたけど、私アイスコーヒー注文したよな？

あのニワトリみたいな大人の乱入のせいで注文があやふやになったのかもしれない。

ずっずず、と不健康になりそうな熱が夏と入り混じって身体《からだ》に流れ込んでいった。

そして水池海《みずいけうみ》はというと。

「どうぞ」

底に並ぶ氷よりも少ない量を、こちらに寄越《よこ》してきた。

「……お気遣《きづか》い、どうも」

随分《ずいぶん》長く悩《なや》んだものだ。どうせならもう少し早く決めてほしかった、と思いつつストローに口をつける。水池海《みずいけうみ》が口をつけたもの、なのだけどそれは、そんなに意識は引っ張られない。

一緒《いっしょ》に暮らしていたらそういうのも、珍《めずら》しくないし。

考えたら歪《いびつ》だ、私たち。普通《ふつう》、普通《ふつう》って分かんないけど、普通《ふつう》、恋《こい》して、それが熟してから一緒《いっしょ》に暮らす。そういう順番、ありそう。いやある。なのに私たちはいきなり暮らして、それから好きになった。飛んで跳《は》ねて後退して痺《しび》れて苦しんで、もがいて。

慣れていくにつれて濃《こ》くしていく恋《こい》の原液を、最初から全開で喉《のど》に流し込まれた感じ。

……なにそれ、と笑いそうになる。

そんな不思議を代弁するように、リンゴジュースの甘酸《あまず》っぱさに舌を……包まれない。

ちゅるーっと、すすった味は氷のそれだった。

「味うっす」

残っているのは氷が溶《と》けてほぼ水になっていた部分だった。

ちゅぞぞぞ、と吸う音を大げさにして文句を示すと、水池《みずいけ》さんが一拍置《いっぱくお》いて噴《ふ》き出《だ》す。

「あ、は、っはっは」

ぎこちなく、慣れていないように、声を上げて笑う。

鬱陶《うっとう》しそうな前髪《まえがみ》を、笑顔《えがお》と額が搔《か》き分《わ》けて、歯が光る。

ストローから口を離《はな》せなくなって、私はただ、空になったグラスを吸い続ける。

なにかがあった。

触《さわ》り心地《ごこち》のいいものがお互《たが》いの間に、確かに生まれていた。

少なくとも私はそれを感じて、少しでも長続きすればいいなって、空のグラスを握《にぎ》る。

冷たさを失い、人肌《ひとはだ》と変わらないくらいに温《ぬく》もっても、触《ふ》れ続《つづ》けた。

思えば。

私が水池海《みずいけうみ》を本当に笑わせたのは、これが最初で、最後だったのかもしれない。


「夏、ちょっと好きかもしれん」

店を出てから、ついそんなことを言ってしまう。

「ふぅん」

明るい調子で相づちを打つ星《ほし》さんが隣《となり》に並び、空を見る。

釣《つ》られて一緒《いっしょ》に見上げた先からは、雲も見えん青空だけなのに蟬《せみ》の鳴き声が降ってきた。

包まれて、肌《はだ》を撫《な》でられて、不思議に心地《ここち》いい。

でもその感想は、首筋に汗《あせ》が浮《う》かぶまでの話だった。

「やっぱ好きやないかも」

「そーね」

お互《たが》い、はよ家につかんかなっていうのが透《す》けて見える、雑な足取りの帰り道だった。ずっとなにか蹴《け》ってるようにすこんすこん、足が適当に振《ふ》られていた。

「あっつー……」

アパートの扉《とびら》を開けて玄関《げんかん》になだれ込み、あたしの感想を星《ほし》さんが代弁する。

「おかえりー」

いつの間に帰ってきていたのか、お母さんがひょこっと部屋から生えてきた。

「……ただいま」

挨拶《あいさつ》を済ませたら巣穴に帰るようにすぐ引っ込む。……ま、お母さんはいいとして。

スーパーの荷物をひーひーぼやきながら冷蔵庫に入れて、終わった後、部屋に駆《か》け足《あし》で戻《もど》って扇風機《せんぷうき》の電源を入れる。大きい冷蔵庫のある家は、買い物に行く回数減らせるんやろうなぁと思って、時間に余裕《よゆう》ができるってそういうことなんかなぁとおねえちゃんの優《やさ》しい笑顔《えがお》を思い出しながらそんなことを考えた。

「駄目《だめ》だ、シャワー浴びる」

星《ほし》さんが音を上げて、着替《きが》えを摑《つか》んで逃《に》げるような速さで部屋を飛び出していった。汗《あせ》だくでへばっているのに動きが速くて、元気やなと感心する。しながら、首振《くびふ》る扇風機《せんぷうき》の動きに合わせて行ったり来たりしてみる。首振《くびふ》りを止めると扇風機《せんぷうき》を独《ひと》り占《じ》めするみたいでなんか気後《きおく》れするなぁという変な遠慮《えんりょ》があったので、ちょっとがんばった。

がんばりに応じて、少し夏が紛《まぎ》れる。

でも止まったら、前より汗《あせ》が増えた気がした。

それから、シャワーを浴びて着替《きが》えてきた星《ほし》さんが扇風機《せんぷうき》の前に座り込み、ガシガシと雑に髪《かみ》を拭《ふ》き始《はじ》める。扱《あつか》いが見るからに適当なくせに、その艶《つや》やかな金髪《きんぱつ》がバスタオルの合間から生えて……こぼれて？　専門の飾《かざ》りみたいにキラキラしている。

その髪《かみ》が揺《ゆ》れるのを眺《なが》めていたら、星《ほし》さんが手を止めてこっちを見た。

「なに？」

「なんでもない」

おねえちゃん、金髪《きんぱつ》が好きなんだろうか。星《ほし》さんの髪《かみ》をよく褒《ほ》めとる気がするし。

自分のへにょへにょ曲がっている髪《かみ》を取る。端《はし》っこちょっと茶色の、基本黒。

生まれてこのかた、ろくに手入れもしていない髪《かみ》。

おねえちゃんが金髪《きんぱつ》好きだって言うなら、あたしは金色になる。

青色が好きだって言うなら、夏の空より染まってみせる。

あたしは、おねえちゃんの理想から外れたくない。その果てに、自分がいなくなっても。

これまでのすべてを捨てることが答えになったとしても。

「あんたもシャワー使っていいんだけど」

ややぶっきらぼうに、星《ほし》さんが親切を投げつけてきた。

「言い方が変になった」

星《ほし》さんがタオルで頰《ほお》をごしごし拭《ふ》いた後、改まって言う。

「えぇっと……汗臭《あせくさ》い」

「え？　そう？」

「わかんない嗅《か》いだこともない」

慌《あわ》てて顔を隠《かく》すように、バスタオルを派手に動かしながら俯《うつむ》いてしまう。星《ほし》さんは、言葉を選ぶのが下手……あたしに言われたくないやろうけど、ちょっと焦《あせ》っている感じがいつもする。あたしがおねえちゃんに別れの挨拶《あいさつ》をしようとするときみたいに。

一番の言葉をずっと探している。

そういうとこわかりやすくて、ええな、とは思う。

だから、友達にはきっとなれる。

星《ほし》さんのなりたくない、心許せる、友達に。

「それじゃあ、あたしも……使わせてもらうわ」

「……ん」

バスタオルの向こうから小さな声がする。

あたしより屋内で声を潜《ひそ》める人なんて、出会えるとは思わなかった。

怒鳴《どな》らない、怖《こわ》くない、ええやつ。

出会えてよかったとは、ことあるごとに感じ取る。

でも。

ここは確かに穏《おだ》やかないい場所だけど、あたしは魚じゃない。

いつまでも潜《もぐ》ってはいられず、どこかで、水面に出ないといけないのだった。


時々、その目が子供のように思える。

いや私たちはまだびっくりするくらい子供で、だから自分一人で生きていけない半端者《はんぱもの》なの
だけど、そういうのとは半周くらい遅《おく》れた瞳《ひとみ》……まだ、これから小学校入学するような……

ここから、人格積み上げて傷ついていくような……そんな、印象。

水池海《みずいけうみ》につきまとう幼さと、その姉とやってきたことの差に、つまずいて転びそうになる。

……で、その姉なのだけど。

予想は翌日ひょっこりくらいだった。平気な顔でまた現れるんだろうと呆《あき》れていた。

でも、そんな様子もない。悪い女についての予想と、その結果。

しばらく私に預けるとか言っていたけど、なにを考えているのか。まさかこのまま姿を見せ

ないでさようならということはないとしても……いや、あるのかな？　面白《おもしろ》いことを前にした時以外はなにを考えているのか分かりづらい女だった。

この五日間、水池《みずいけ》さんになんやかんやと用事を頼《たの》んだり、手伝わせる形で一緒《いっしょ》に出掛《でか》けたり……時間を共有することを、がんばってはみた。結果が伴《ともな》っているかは正直分からない。水池《みずいけ》さん、反応が乏《とぼ》しいし。

それでも、そうしたかったから。

ぐるぐる回る扇風機《せんぷうき》の羽根を見つめながら、帰り道を振《ふ》り返《かえ》って。

頬《ほお》が緩《ゆる》むのを、しっかりと感じる。

私は、楽しかった。あの女の影《かげ》がちらつく度《たび》に気分は沈《しず》むけど、それでも一緒《いっしょ》にスーパーの棚《たな》を巡《めぐ》る時、確かに私は楽しんでいたんだと思う。私がなにかを発して、水池海《みずいけうみ》がそれに側《そば》で応えてくれる。それだけで、心の中にどろりと流れるものがある。

心臓が、血液以外のなにかで満ちていく瞬間《しゅんかん》に頬《ほお》がほころぶ。むず痒《がゆ》くなる。人を好きになるって、こういうことなんだろうか。

考え続けているとまた汗《あせ》が髪《かみ》の間に滲《にじ》んできて、がしがしとタオルで拭《ふ》き取《と》った。

短時間でシャワーから水池《みずいけ》さんが戻《もど》ってきたので、扇風機《せんぷうき》の前を譲《ゆず》る。しゃがむついで程度の「ありがと」を頂戴《ちょうだい》して、水池《みずいけ》さんが私の側《そば》に屈《かが》んだ。鳥の羽ばたきみたいに、熱気がわっとこっちに寄ってくる。前屈《まえかが》みになって扇風機《せんぷうき》の前に長い髪《かみ》を垂らした水池《みずいけ》さんが……前屈《まえかが》みで……頬《ほお》に斜線《しゃせん》のように羞恥《しゅうち》が走って、音を立てないように顔を背《そむ》ける。

動きがあると、つい、目で追ってしまう。無視できる人間がいるのだろうか。

「星《ほし》さんって」

まるで逃《のが》さないように名前を呼ばれる。

「なにか」

「あたしの胸よく見てるけど」

耳の裏が出血したみたいに急に存在感を帯びた。

「よ、よく？　よくって？」

「しょっちゅう」

「見てねぇよ！」

自白したも当然の叫《さけ》びだった。背中に浮《う》かんだ汗《あせ》が悪寒《おかん》を引き起こす。

バスタオルと髪《かみ》を垂らした向こうで、水池《みずいけ》さんの目は淡々《たんたん》とした暗がりにいた。

「あたしな、人の目ばっかり気にして生きてたから見られてるときけっこうわかるんだ」

「あ……そう、なんだ」

この場合、他人の評価とかそういう『目』ではないのだろう。良《い》い環境《かんきょう》で育ってきたわけじゃないのは分かっていた。それはそれとして、堂々と指摘《してき》されるとこっちは死にたくなるしせっかく流した汗《あせ》がまたどんどん浮《う》かんでいるので、手心というか。

「やっぱり触《さわ》ってみたいとか思うんか？」

え！　続けるのこの話！

「いや、あの…………べつに」

「あたしは今、まじめに聞いとる。星《ほし》さんもまじめで頼《たの》むわ」

できるかバカか。

「あたしは好きな人のおっぱい触《さわ》るとき、最初はなんか泣いてたわ」

聞きたくもないことを語らないでほしい。

頭皮剝《は》がして新しいのに取《と》り替《か》えたいくらい、ぐずぐずに、熱い。

「気持ち悪いと思ったけど許してくれて……抱《だ》っこされて、幸せだった」

「……聞いてないって」

「だから、星《ほし》さんはどうなんかなって思った。星《ほし》さんくらいにしかこんなの聞けんし」

私にも聞くな。あらゆる意味で、正面から聞くな。

でも、正面から聞かれているんだ。

生来、割と生真面目《きまじめ》な性分《しょうぶん》は自覚していた。他に受け止め方を知らないというか。

単に不器用なだけな自分がいるというか。

だから、ちゃんと聞かれたら、ちゃんと答えないとって。

先生に叱《しか》られるし。

誰《だれ》だよ。

落ち着いていられない指がトントントンと、忙《せわ》しなく床《ゆか》を叩《たた》く。

「そりゃ……触《さわ》ってみたいんじゃない」

追《お》い詰《つ》められて抜《ぬ》け穴《あな》もないネズミが、せいいっぱい平べったくなるように。

他人事《ひとごと》で語るのが限界だった。


「……えろー」

「だぼあっしゃ！」

今なんて言った私。

「じゃあ、触《さわ》ってみる？」

「はぁ!?」

こいつ日差しをいっぱい浴びてなにか開花してはいけないものが頭に咲《さ》いてないか。

「あの、あのさ、んなこと聞いて、触《さわ》りたいでーすとか言ったら、どうする、」

「触《さわ》ってええけど」

頭が撃《う》ち抜《ぬ》かれたように軽快に揺《ゆ》れる。扇風機《せんぷうき》の風がこちらにいくら届いてもまばたきを忘れて、眼球が乾《かわ》きに埋《う》もれそうだった。

いくら私が……見たけど、胸、見たけどさ。それだけで。

私のこと好きでもなんでもないくせに。知ってるんだぞ、どうしようもないことに。

やはり悪い女の妹も相応に悪女なのか。正義はないのか。ていうかなに考えてるんだ。

水池海《みずいけうみ》は、髪《かみ》を拭《ふ》きながら無防備な胸元《むなもと》をこちらに向けている。

「からかってる?」

「そんな器用なこと、あたしできんよ」

「ばかにしてる?」

「なにを?」

「憐《あわ》れんでる?」

「どれを?」

どの可能性を疑っても、水池海《みずいけうみ》は困ったように首を傾《かし》げるだけだった。

そんな顔、私がしたいわ。

本当に、後ろ向きに悪戯《いたずら》とかじゃなくて、私に聞いている顔だった。無垢《むく》が研《と》ぎ澄《す》まされていた。

「……ばか、でしょ。あんた」

「しっとるよ、頭が悪いことは。誰《だれ》よりも」

「そうじゃないよ……」

生活の中で、つい目が行っていたのは、認める。

仕方ないじゃないか、大きいし。

背はこんなに低いのに、とか思ってもいた。

だからって、とまた、点火するように目もとを熱しながら、その胸元《むなもと》を見る。だらしないシャツを盛り上げる、無防備な双丘《そうきゅう》。丘《おか》て。坂？ 考えが糸くずみたいにわちゃわちゃ絡《から》む。

距離《きょり》は、遠くない。狭《せま》い部屋なのが幸いして、私たちは、とても近い。腕《うで》を伸《の》ばす距離《きょり》もとても少なく済むから、苦労はきっと多くない。道のりは険しくなかった。なんの話をしているんだ。

じっと、水池海《みずいけうみ》を上目遣《うわめづか》いで見る。水池海《みずいけうみ》は、見つめ返してジッと、私を待っている。

声の代わりに回る扇風機《せんぷうき》が、耳の奥に入り込んで脳をかき混ぜるようだった。

あぺあぺあぺ、と泡《あわ》みたいに声が漏《も》れては唇《くちびる》を濡《ぬ》らす。

床《ゆか》を叩《たた》いていた指がいつの間にか離《はな》れて、宙で震《ふる》えていた。バスタオルと耳の擦《こす》れた時の音が永遠に鳴り続けて消えないよう。ノイズみたいに、ずっと走っている。

こんな狭《せま》く、暑く、夏を閉じ込めたような空間で、私たちはなにをやっているんだ。

ゆっくり、肘《ひじ》を誰《だれ》かが押すように正方形を描《えが》くように、腕《うで》が動く。動き出せばあっという間に埋《う》まる距離《きょり》で、近い、と喉《のど》が呻《うめ》く。水池海《みずいけうみ》は、どれだけ近づいても、拒《こば》まない。

そして。

惑星《わくせい》の表面に漂流《ひょうりゅう》するようなものだったそんな詩的なものでは絶対なかった。

吐《と》息《いき》と指の震《ふる》えが完全に一致《いっち》する。

つけてもいないイヤリングがちぎれそうなくらい引っ張られている気がした。

水池海《みずいけうみ》の、胸に、触《ふ》れる。

触《さわ》った瞬間《しゅんかん》、感触《かんしょく》が失われて視界があっちこっちに飛んだ。心臓が未知を駆《か》け巡《めぐ》って、鶏《にわとり》みたいに飛《と》び跳《は》ねる。遅《おく》れて、弾《はじ》けとんだ手のひらの感触《かんしょく》が戻《もど》ってきて、ぐにゃりと首が折れそうだった。

なにこれ。

肩《かた》とちょっと離《はな》れた位置だから実質肩《かた》みたいなものなのに。

触《さわ》っているだけで、死にたくなる。

死ねばいいくらい、今の私は感極《かんきわ》まってキモかった。

なんで？　肩《かた》の近くだぞ。肩《かた》の近くってさっきからどんな言い訳だ。

裸《はだか》も見たことあるのに、見るのと触《さわ》るのは、やっぱり、違《ちが》う耳が痛い。ちぎれそう。

ああ。

あああああああ。

………ああ。

「なるほど」

冷静なその声に手が跳《は》ねて逃《に》げ惑《まど》う。激しい運動の疲労《ひろう》が身体《からだ》を駆《か》け抜《ぬ》けたように、息が乱れて汗《あせ》が額を割る。そんな私に対して、水池海《みずいけうみ》は、淡々《たんたん》としていた。

なにも感じなかったように。

「星《ほし》さんに触《さわ》られても、なんにも感じん」

そのとおりそのままだった。

指先に溜《た》まった血が、別の方向へ流れていく。

その温度差に、背筋が泣くように震《ふる》えた。

「嫌《いや》じゃないけど、それだけや。暑いなぁと思うけど、それだけ。胸になんも届かん、胸からなんも巡《めぐ》らん。つまりなんて言えばええかな……そう、星《ほし》さんを感じない」

死ねと言われたような気がした。

遠回りだかなんだか分からないけど、最後はそこに至る発言としか思えなかった。

血の温度をぐっと下げて、凍《こお》らせて血管で破裂《はれつ》して、ほら、死ぬじゃないか。

「おねえちゃんのときとは……ぜんぜん、違《ちが》う」

滾《たぎ》っていた血が、別の形で湧《わ》いては弾《はじ》けて、泡《あわ》を噴《ふ》きあげている。

こいつは私と話しているときも、出かけているときも、見つめ合っているときも、あの女のことしか考えていなかったんだと改めて露《あら》わになって、脱力《だつりょく》しそうになる。

一歩だって前に進んでいないのに、勝手に私が錯覚《さっかく》していただけだった。

こいつ。

そんなことを確かめるために、私に触《さわ》らせたんだ。

私のためじゃない。

おねえちゃんを、もっと、感じたいだけ。

間接的に、おねえちゃんに近づきたかっただけなんだ。

「なにもしなかったら、なにも変わらんって時々思ったり、見たりするんやけど」

「……………………」

「あれは嘘《うそ》……いや嘘《うそ》やないけど、本当のことを半分くらいしか言ってないっていうか……大《たい》抵《てい》の物事は、なんもしなかったらどんどん悪化していくと思う」

なんの話をしているのか。こっちは今、それどころじゃないのに。

でも水池海《みずいけうみ》の声を聞かないって選択《せんたく》は悲しいことに、私にはなかった。

バスタオルを頭から下ろして、まだ濡《ぬ》れた髪《かみ》の向こうで目が暗く光る。

「おねえちゃんに、会いに行くわ」

決断は、やっぱり死刑《しけい》宣告のようにも聞こえた。

見えても届いてもいない、電車の走り出す幻聴《げんちょう》を耳にする。

馬鹿馬鹿しいことに。

私との触《ふ》れ合《あ》いが決定的なものとなり、水池海《みずいけうみ》を後押《あとお》ししてしまったのだ。

以前の口論の結果が、こいつと、悪い女のキスを目撃《もくげき》することに繋《つな》がったように。

とことん、悪い方向に転がる関係なのかもしれない。

そしてそれが、水池海《みずいけうみ》の救いになってしまっているかもしれないという事実に、額を強く打ちのめされた気分だった。

分かっていたことだから、言葉自体は、存外淡泊《たんぱく》に受け止められた。

ちょっと血液の流れがまだ忙《いそが》しいだけで。

殴《なぐ》ってやろうかなーって一瞬《いっしゅん》思ったけど、私にできるわけがなかった。

その顔を、本当に、好きだから。

「お母さんに家の場所聞いて……会ってくる」

本格的だった。会ってどうしようとかそんな細部まで考えをつめているわけではないだろう。

ただ、会いに行きたいだけ。

顔が見たいだけ。

気持ちは分かって、分かるのが嫌《いや》で、見過ごせなくて、なにもしないのが一番嫌《いや》だった。

なにもできなくても、飛《と》び跳《は》ねるくらいの意思は見せたい。

「……それなら、私も行く」

反撃《はんげき》にもならない、精いっぱいの食い下がり。

「なんで？」

「……ただの、付《つ》き添《そ》い」

本音の棚《たな》は決して開かない。開くための鍵《かぎ》は勇気とか、覚悟《かくご》とか、そういうものだろうか。

水池海《みずいけうみ》はいらないと一蹴《いっしゅう》することもなく、神妙《しんみょう》な顔つきで無言だった。

私のすべてを覗《のぞ》くような目で、でもそれはあり得なくて。

だってこいつは、私に興味なんてないから。

「助かるわ」

息を抜《ぬ》くように、硬《かた》くなっていた水池《みずいけ》さんの肩《かた》と唇《くちびる》が下りる。

「一人やと、ちょっと怖《こわ》いから」

水池《みずいけ》さんは、そう応えるのだった。

私は本心でもなんでもないその友情に、なんの価値もない笑い声を返すしかなかった。

……難しいことは分からないけれど。

人生というものに無数の分岐《ぶんき》があって、私たちはそれを気づかないくらい細かく、何度も何度も選び続けて生きているとして。

その分岐《ぶんき》は誰《だれ》の目にも明らかなくらい、大きなものとして見えていたのだけれど。

私は結局、他の道を見つけることはできない。

できなかったのだった。

陽炎《かげろう》に合わせて意識も揺《ゆ》れる。蝉《せみ》しぐれとはよく言ったもので、その鳴き声は雨として見えるのだと錯覚《さっかく》するくらいにうるさかった。夏はまだ咲《さ》き乱《みだ》れている。

でも駅までの道を歩いている間、夏の終わりに向けて進んでいる気がしたのはなぜだろう。溶《と》けたように人の少ない昼の駅は歩きやすく、そして暑い。開け放たれて、隙間《すきま》の多い二階の改札を熱風と共に抜《ぬ》ける。教えてもらった行き先の駅を確認《かくにん》していると、水池《みずいけ》さんがホームへの階段を走り出す。丁度電車が来ているので、それに急いで乗るつもりらしい。

おねえちゃんを待つ時間を少しでも減らしたい、いじらしい妹に涙《なみだ》しそうになった。

私以外の世界の誰《だれ》かがもしかしたら、万に一つ。

今にも発車しそうな、乗客の少ない電車に二人で乗る。本格的に揃《そろ》ってお出かけなんて、これが初めてか。

その行き先があの女のいる場所というのだから、行き止まりの壁《かべ》に何回頭を打ち付ければいいのだろう。どこにも行けない道だと知っているのに、少なくとも私はそれが確定しているのに付き合うなんて正気じゃない。そして分かっているうえでそうするしかないのが、私という人間の限界かもしれなかった。

空いている席を適当に選んで、並んで座る。ボックスシートで、私が窓側の席だった。

窓側に寄りかかるように頬杖《ほおづえ》をついて、腕《うで》にいっぱいの日差しを浴びながら向かい側のホームの様子に目をやる。駅前のビル群と、掲《かか》げられた看板しか見えてこない。

ここから結構な距離《きょり》を移動することになる。あんな遠くから来ていたんだ、あの人。

熱心というか、こまめというか。

そういう苦をまったく女の子に感じさせないのが、あの悪い女の努力と人気の秘訣《ひけつ》なのかもしれない。

見倣《みなら》うところがあったとしても、とても真似《まね》できる気はしなかった。

「海《うみ》って呼んでいい？」

遠くの景色を見るふりをしながら、頭が真っ白になりそうなことを聞いてみる。

「あたし？」

「あんた以外に海《うみ》はいない」

他の海《うみ》なんて実際に見たこともないし。閉じた私の世界で、海《うみ》は、小さかった。

「ええけど」

返事はこっちの気負いと違《ちが》って軽いものだった。そして、続きもあった。

「じゃあたしは、ソラって呼ぶわ」

電車が動き出して、身体《からだ》が前に少し浮《う》く。かっくんと、大きく動いて、ホームを眺《なが》めながら。

「タカソラだけど」

「星《ほし》さんと変わらんから、長い」

ほしさん、たかそら。舌の上でわざわざ文字数をカウントして、なるほど、と思った。

「いいけどさ」

いつもそうやって間違《まちが》えられるから、あまり好きな呼び方ではなかった。でも水池《みずいけ》さん……海《うみ》にこれからそうやって呼ばれ続けていればいつか、好きになれるかもしれない。

愛だのなんだので嫌《いや》なことを乗《の》り越《こ》えていければ、それに勝《まさ》るものはない。

そんな時間、私たちの間にはないかもしれないけれど。

海《うみ》。

頭の中にスイッチがあって、点滅《てんめつ》するみたいだった。

誰《だれ》かを名前で呼ぶだけで。

手遅《ておく》れだとしても、手探《てさぐ》りで、あがく。

「ソラって、おねえちゃんのこと好きなんか？」

景色が頭に入りそうもないことを聞いてきた。

「なんの話？」

「好きなんかって話」

海《うみ》は言葉が真《ま》っ直《す》ぐで、駆《か》け引《ひ》きもない。自分も相手も、逃《に》がさない。

「別に」

「デートしとったんやろ？」

あたしに内緒《ないしょ》で、と言外に棘《とげ》がくっついていそうな調子だった。

「デートってほどでも……ちょっと、一緒《いっしょ》に遊んだだけ」

「それをデートって言うんやと思う」

そうですね。

「えっちなこともしそうになったって聞いた」

よほどそっちの方が許せないといった、声の低さだった。

こっちは頬杖《ほおづえ》がめりめり顔に食い込む。

なんでそんなとこまで話すんだ、あの女は。

更《さら》に言うと、顛末《てんまつ》まで語られていそうで思わず手のひらで片目を覆《おお》う。

「おねえちゃんはほんと……もう、ばか」

指の隙間《すきま》から覗《のぞ》ける海《うみ》が拗《す》ねたように下唇《したくちびる》を尖《とが》らせる。そしてその顔つきのまま、前に向けて言う。

「あげんから」

「……いらないよ」

「うそつき」

「嘘《うそ》なんかつかない」

本当に、あの女がいるかいらないかでいうと、私には不要だった。不要というのも本当は違《ちが》うのだけど、距離《きょり》を縮めることを願うような相手ではなかった。あの女は、星みたいだ。

それも月よりも、太陽よりもずっと遠い、絶対届かない場所で輝《かがや》く星。

目指すだけ、馬鹿馬鹿しくなる距離《きより》。見るくらいが丁度いい、遥《はる》かなる彼方《かなた》の光。

「私はただ……」

「ただ?」

目玉と舌が、右から左へゆっくり逃《に》げる。

「べつに、なんでもない」

海《うみ》と向き合おうとしても、私はこうやっていつも目を逸《そ》らしてしまう。感情の通気口を閉じてしまう。慣れていなかった。恋《こい》したらなにをすればいいのか、まったく分かっていなかった。伝えればいいことと、伝えたいことの区別がつかない。

願望と、希望と、理性が溶《と》けて雑多な流れを作って、居心地《いごこち》が大変に悪い。

私は、あの女には恋《こい》していない。

美人だと思うし、優《やさ》しさはファンタジーだし、奔放《ほんぽう》なそれに惹《ひ》かれる部分があったのは認めるけれどそれは、好意的というだけだった。好きと恋《こい》は、きっと違《ちが》う。

「ただ……」

頬杖《ほおづえ》で口を覆《おお》いながら、もごもごと、独り言を続ける。

ただ、あの人は私の名前を、一度も間違《まちが》えなかったから。

ちゃんと最初から、タカソラって呼んで、そして。

名前を褒《ほ》めてくれた。変な名前だって、一度も言わなかった。

……きっかけは、それだけなのかもしれない。

多分そういうとこをしっかりしているから女にモテるんだろうなと思った。

敵《かな》わないのだろうなと感じた。

いや別に、私は、あれだけど。

私は、仮に地平《ちたいら》さんに本気で迫《せま》られたって、最初は拒否《きょひ》から入る。

嫌《いや》だって、壁《かべ》を作る。

そうやってなにかを守らないと、自分が本当に指先まで消えてしまいそうだった。


気のせいかもしれないけど、潮の匂《にお》いがしたように感じた。

降り立った駅のホームに吹《ふ》く風を吸い込んで、熱波に混じった微《かす》かな刺激《しげき》を鼻がそう捉《とら》える。

変わらないのは肌《はだ》に来る熱と、これからを思う度《たび》に訪《おとず》れる心の曇《くも》りだけだった。

駅から出て、まったく知らない町と向き合う。バス乗り場が駅前の中心にあり、その周りを乗用車が走っている。脇《わき》の小さな噴水《ふんすい》の近くには鳩《はと》がたくさん歩いていて、人に慣れているらしくまったく急いで動く様子がない。

観光地と聞いていたけれど、駅を行き来する人の多さに面食らいそうになる。夏休みなのに制服姿の高校生らしき集団が地図を広げて、行き先を話し合っている。有名な土産物《みやげもの》があるのか黄色い紙袋《かみぶくろ》をぶら下げている人が多くて、それを持っている人は多分観光客なんだろうなと見分け方を知った。

「えぇと、あっちや」

母親からのメモを片手に、海《うみ》が行き先を指差す。手書きの地図もそうだけど字が思いの外綺麗《きれい》で、でも線の細さはあのお母さんのイメージそのままだった。

海《うみ》の指示通りに歩いていくと、すぐに大通りに出た。道路の中央に鳥居みたいなものと、大きな石像……なんて言えばいいのか。巨大《きょだい》な地蔵みたいなのが並んでいる。その前で外国人の観光客が写真を撮《と》っていて、後ろを人力車が客を乗せて通っていく。

地元の乾《かわ》いた空気がどこまでも走っていくような、閑散《かんさん》とした雰囲気《ふんいき》とはまったく別だった。華《はな》やかさが随所《ずいしょ》に町を飾《かざ》り、あの女のイメージと重なった。

その大通りの賑《にぎ》やかさに背を向けるように、真《ま》っ直《す》ぐ歩いていく。観光客向けの飲食店に時々コンビニを挟《はさ》んだ通りは僅《わず》かな坂になっているらしく、遠くの景色を見て、あっとなる。

「あれ、水平線」

燃えるように熱を蓄《たくわ》えた前髪《まえがみ》に重さを感じながら、真《ま》っ直《す》ぐ、指差す。

「ん？」

俯《うつむ》きがちに歩いていた海《うみ》が、眩《まぶ》しそうに顔を上げる。

「海だ」

まだ滲《にじ》んでほとんど見えないけれど、ここをずっと歩いていった先に迎《むか》えるのは間違《まちが》いなく海だった。きっと今は観光客でひしめきあって、砂浜《すなはま》に隙間《すきま》もないのだろう。

「うみ？　……あ、海。ん、んー……ほー」

名前の由来と出会っても、反応は薄《うす》い。こいつは、いつもそうだ。

こいつの感情というものは、地平潮《ちたいらしほ》を経由しないとろくに機能していないのだ、多分。

また地蔵がたくさん並んでいる場所を通り、細い道に入ると表通りの賑《にぎ》やかさが一気に失われて、空気が落ち着く。閑静《かんせい》な住宅街とはこういうものだろうか。蝉《せみ》の質までいいように音が穏《おだ》やかだ。きょろきょろして感じたのだけど、家の敷地《しきち》が広い。お隣《となり》さんが遠い。そして仰々《ぎょうぎょう》しい門が大体ある。

なんというか、分かりやすい通りだった。

海《うみ》のお母さんに聞いた細かい地理は十何年も前のそれが元になっているので、屋根の色だのなんだの役に立つのだろうかと半信半疑だったけれど、なるほどその時期からずっと建っているであろう家ばかりなので問題なさそうだった。

格子《こうし》のはまった窓が二階に見える蔵《くら》とか、窓際《まどぎわ》に日本人形が飾《かざ》ってあって開け放たれた何屋かも分からない建物とか、観光用の人力車がしまわれた本部と書かれた小さな建物の前を抜《ぬ》けて、みかんの樹《き》が塀《へい》からはみ出ている家の前を通ってと地図に従って進んだ。

そして、書いてあるか不安だったけどちゃんと、地平《ちたいら》と表札の出ている家を見つけられたのだった。

他の幅広《はばひろ》の家より更《さら》に、がっしりとした印象のある造り。誰《だれ》が通ることを想定しているのか分からない大げさな門の横には、たくさんの顔がある。塀《へい》に選挙ポスターが大量に並んでいた。四列くらい、まったく知らない大人たちの顔が、恐《おそ》らく私には考えも及《およ》ばないくらいたくさんのことを考えて映っていた。

「あの家の方が立派やな」

「あの家？」

「前にちょっと」

そう言って、海《うみ》がさっさと家に入ろうとする。この門がなんのためにあるのか考えたら、ここで一旦《いったん》待つべきじゃないのか。いや……いいのか？　海《うみ》は本来、この家の子でもあるし。いやでもよくない、と私の常識では思うのだけど。でも門や奥の屋敷《やしき》は、私の常識には存在しないものでもあった。

そんな浅薄《せんぱく》な常識で、一体なにを語ろうと言うのか。

「まぁ……開いてるし……いい、のかな」

そういう風に中途半端《ちゅうとはんぱ》に納得《なっとく》させながら、海《うみ》の後を追う。門から屋敷《やしき》の入り口までも遠い。間には迷路《めいろ》かなって思う植物の生やし方をした庭があり、そのずっと向こうには手入れが面倒《めんどう》そうなくらい背丈《せたけ》のある木々が林を形作っていた。でも石畳《いしだたみ》はあまり掃除《そうじ》していないみたいで散った葉っぱや石が細かく残っている。私なら、見て見ぬふりできなくて箒《ほうき》を手にするだろう。

植物の作る壁《かべ》に沿うように進んで、お屋敷《やしき》の入り口まで進む。入り口脇《わき》に古風な木製の下駄箱《げたばこ》らしきものがある。ここで靴《くつ》を脱《ぬ》いで上がらないといけないのだろうか。下駄箱はどの棚《たな》も空っぽで、指でなぞってみると薄暗《うすぐら》い汚《よご》れを返してきた。

どうも、掃除《そうじ》が好きな家ではないみたいだ。

「どちら様？」

段ボール箱を抱《かか》えた男性が、屋敷《やしき》の奥から私たちを見つけて寄ってくる。やや大柄《おおがら》なのと段ボールの大きさもあって近づいてくると圧が増した。雑に履《は》いた靴《くつ》の踵《かかと》が踏《ふ》まれて音を立てる。

この人も海《うみ》の親類なのだろうかと考えて、その目を見る。

瞳《ひとみ》の色が海《うみ》や地平《ちたいら》さんのそれと同一で、なんでか、ぞわりと背筋に怯《おび》えのようなものが走った。

「なにかご用で？」

声は硬質《こうしつ》で、歓迎《かんげい》の意はまったく感じられない。箱を抱《かか》えて浮《う》かんだ汗《あせ》も拭《ぬぐ》えないからか、不愉快《ふゆかい》そうに顔をしかめていた。嫌《いや》な大人と感じるために必要なものがすべて揃《そろ》っている、そんな顔と態度だった。

海《うみ》が説明するかなと顔を覗《のぞ》いたら、額に浮《う》かんだ汗《あせ》もそのままに目が揺《ゆ》れて、戸惑《とまど》っているのが見て取れた。小柄《こがら》なせいもあって、叱《しか》られている子供みたいだ。

大きな門には強いのに、人間には弱いらしい。

「地平《ちたいら》、ええっと、潮《しほ》さんはご在宅でしょうか」

「あ？」

表面的だった態度に突如《とつじょ》、棘《とげ》が突《つ》き出《で》てくる。いかにも奔放《ほんぽう》に生きているあの人の名前は、ひょっとしなくても家の中では大層不評を買っているのかもしれない。

「あいつの？　なんだお前ら」

形だけでもお客様への対応だったものが崩《くず》れて、猜疑《さいぎ》が隠《かく》れなくなる。大人に睨《にら》まれることに対して相応に物怖《ものお》じしながら、ああ、あの女は自宅には女の子を連れ込まないのだなとそんなことを察していた。

海《うみ》も怯《おび》えるように、俯《うつむ》きがちになっている。断片的《だんぺんてき》に聞いた過去を踏《ふ》まえれば、こういう大人に対して嫌《いや》なことを思い出してしまうのかもしれない。

「あぁ？」

その海《うみ》の瞳《ひとみ》に気づいたらしく、男性が荒《あら》げた疑問の声をあげる。ややこしくなりそうな空気を感じて、面倒《めんどう》くささと恐怖《きょうふ》がざわつき出す。

溺《おぼ》れて泡《あわ》の音に包まれるように、蟬《せみ》の鳴き声が増していく。

その声に高さを意識して、足下《あしもと》が沈《しず》みそうになる。

そんな空気を、やや間延びした声が突《つ》っついてきた。

「んー？」

長身の老人が、土の入った袋《ふくろ》を抱《かか》えたまま、庭の林の方から現れる。作業着らしい丈《たけ》の短い和服から覗《のぞ》ける手足は相応に年月を経ている。総髪《そうはつ》でほぼ白髪《しらが》、肌《はだ》はよく日に焼けて銅のような色合い。そしてなにより、またも瞳《ひとみ》の色が海《うみ》や地平《ちたいら》さんのそれと同じだった。本当にこの一族には共通して現れるものらしい。

「どうした？」

その顔を見て、出迎《でむか》えた人が端的《たんてき》に私たちのことを説明する。老人は地平《ちたいら》さんの下の名前が出た途端《とたん》、その目を輝《かがや》かせたように見えた。

「潮《しほ》の……そりゃあ、珍《めずら》しい。あいつは女を家には連れ込まないからな」

老人の目がこちらを向く。珍奇《ちんき》なものでも眺《なが》めるように視線が容赦《ようしゃ》ない。寄ってくると抱《かか》えたもののせいか土臭《つちくさ》い。乾《かわ》いた土の匂《にお》いの似合う老人は私の金髪《きんぱつ》をじろじろと、興味深そうに観察してくる。

「……あの」

「金髪《きんぱつ》は数多くあれど、似合うものは滅多《めつた》に出会えん。良《い》い女を見つけたものだ」

うむ、と老人が納得《なつとく》しつつ、称賛《しようさん》してきた。いや私はあの女のものじゃない、けど。

こっちこっち、と投げやりに海《うみ》の肩《かた》を叩《たた》きたくなるけどそれも問題になりそうなのでやめた。

しかしあの人、女を連れ込むとかなんとか、その私生活と性癖《せいへき》がひょっとして筒抜《つつぬ》けなのか。老人は私の髪《かみ》ばかり注目して、同じ輝《かがや》きを持つ海《うみ》の瞳《ひとみ》にはほとんど関心を払《はら》う素振《そぶ》りがなかった。まさか気づいていないはずもないので、関心を持たない理由は……見飽《みあ》きた、とか?

「いいよ、上がりなさい。潮《しほ》なら奥の部屋で寝《ね》ているよ」

「寝《ね》てる……?」

思わず時計の代わりに太陽を見上げる。昼寝《ひるね》の時間ではあるけど、なんていうか……呑気《のんき》。

こっちはそういう空気からどんどん遠ざかっていくのに。

出迎《でむか》えた、恐《おそ》らく家の人が反対しそうな空気を出すけれど、老人が「いいから」と肩《かた》を叩《たた》いて促《うなが》す。老人には逆らえないらしく、納得《なっとく》していない顔つきながらも家の人が離《はな》れて屋内に戻《もど》っていく。案内するとか、そういう気は一切《いっさい》ないみたいだった。

「俺がいいと言って通らないことはこの家にあまりない」

断言した老人が、あっはっはと気持ちよく笑いながら去っていく。その遠慮《えんりょ》ない笑い方が地《ち》平《たいら》さんと似ていた。あの人が話した祖父は多分、今の老人なのだろう。つまり、海《うみ》の祖父でもある。海《うみ》はそのことを意識しているのか判別つかない程度に、反応が薄《うす》い。

それよりも、別のことに関心がいっているようだった。

「おねえ、ちゃん……寝《ね》てるって、風邪《かぜ》とかかな」

ああそっちを心配するのか、と思った。寝込《ねこ》んでいる方向。昼寝《ひるね》だと思うんだけどなぁ。

上がっていいと言われたので、玄関《げんかん》から堂々と入る。さっきの人以外応対に現れる様子もない。室内は薄暗《うすぐら》く、すべすべしていた。材質のせいか滑《すべ》りやすい床《ゆか》もそうだし、調度品も、壁《かべ》も滑《なめ》らかだ。柔《やわ》らかいもの、滑《なめ》らかなものは、お金持ちを連想する。なぜだろう。

私の部屋にそういうものが欠けているからだろうか。

靴《くつ》を脱《ぬ》いだ海《うみ》がきょろきょろした後、右手側に歩き出す。玄関《げんかん》からいきなり廊下《ろうか》に分岐《ぶんき》がある時点で未体験だ。うちのアパートは一直線で、走《はし》り抜《ぬ》けようとしたらすぐ壁《かべ》にぶつかる。この家の廊下《ろうか》は、走り出せば私の息が切れてしまうかもしれなかった。

二人分の軽い足音が前へ進む。どこからか届く蟬《せみ》の鳴き声が首筋を撫《な》でては離《はな》れていく。海《うみ》はともかく私は本当にこの家と無関係で、どうしてこんなところにいるのだろうと微《かす》かな熱を持った頭がぼんやり疑問を抱《いだ》く。水池海《みずいけうみ》と地平潮《ちたいらしほ》と出会った夏は、一体、私をどこへ連れて行くのか。

廊下途中《ろうかとちゅう》の扉《とびら》が開き、人影《ひとかげ》が現れると思わず身構えそうになる。海《うみ》もびくっと足を宙で止めた。てんてんと、そのまま後ろに短く跳《は》ねる姿はこんな時だけど可愛《かわい》らしかった。

出てきた大人、中年の男性がこちらを見て訝《いぶか》しむように目を細める。とりあえず、小さく頭を下げると、男性は小首を傾《かし》げつつも中途半端《ちゅうとはんぱ》に頭を下げてくる。そしてそのまますれ違《ちが》いかけたところで、急に振《ふ》り返《かえ》ってきた。驚愕《きょうがく》に剝《む》かれた視線は一点、海《うみ》の顔にだけ注がれている。正確には、その瞳《ひとみ》に。そして男性の瞳《ひとみ》もまた、海《うみ》と同じ色合いだった。

その大げさな反応は、もしかすると。

男性は目を見開いたまま、ゆっくりと口を閉じて、速足で離《はな》れていく。逃《に》げるって言い方が似合う後ろ姿の離《はな》れ方だった。

「なんやあの人」

「……さぁ」

海《うみ》はまったく考えもしていないみたいだった。お父さんという想像が頭にないらしい。地《ち》平《たいら》さんの話だと生まれた時から側《そば》に母親しかいなかったみたいだし、そうなってしまうのか。

「…………………」

そうか。

この家には海《うみ》のお父さんも、おじいちゃんもおばあちゃんも。他にも。

たくさんの血縁者《けつえんしゃ》がいるんだ。

望むのか、望まれるのかは分からないけれど、家族になり得る人たちがこんなにいるんだ。

……いいな、と少しだけ思った。

行ける場所が、たくさんあって。

私にはあのアパートの部屋以外どこにも居場所がないから。

居場所。私は、それが欲《ほ》しいのだろうか。

あの悪い女に絆《ほだ》されて、ぐずぐずと自分が崩《くず》れていったように。自分が、そこにいても許される場所を広げたかったのかもしれない。そうしないと、いつまでもあの蒸《む》し暑《あつ》い部屋で座り込んでいることしかできないから。

でも私の望むそんな居場所は少なくとも、水池海《みずいけうみ》と、地平潮《ちたいらしほ》の側《そば》には用意されていないのだろうとも分かっていた。

それならどうして、私はこんな家までやってきたのだろう。

そして、この長い廊下《ろうか》を何故《なぜ》歩いているのだろう。

その疑問は、割と切実だった。

「ねぇ」

「ん?」

「これ適当に歩いてるよね」

海《うみ》の小さな頭と髪《かみ》が上下するのを横目に、歩き続ける。

「うん」

少しの間を置いて、海《うみ》が素直《すなお》に認めた。

奥と言われてもどれくらい奥なのか、今はどのあたりの奥なのか、そもそもどの部屋なのか、お金持ちの家は奥が深い。そして屋内を歩いていたはずなのに適当に進んだ結果、庭に面した外側の通路……廊下《ろうか》? に出ていた。日差しが首筋と足の汗《あせ》に染《し》みる。

黙々《もくもく》と歩いてはいるけど、こういうのを、迷子と言う。

庭は風光明媚《ふうこうめいび》をきゅっと握《にぎ》ってひとまとめにしたような輝《かがや》きに満ちていた。巨大《きょだい》キノコが緑色になって傘《かさ》を開いたような木の名前が出かかりながら思い出せない。石畳《いしだたみ》で舗装《ほそう》された庭なんて実際に見るのは初めてだし、当たり前のように池が敷地内《しきちない》に存在している。

そもそも庭という概念《がいねん》が私の住居にはない。不思議な世界に関わっていると思う。

その庭の木々の隙間《すきま》に、時折人影《ひとかげ》が見える。格好と後ろの髪《かみ》が揺《ゆ》れるのを見て、さっきのお爺《じい》さんだと理解する。今度は土ではなく、枝切りばさみを肩《かた》に担《かつ》ぎながら木々を見上げていた。

あの人に聞いた方がいいんじゃないだろうか、という視線に気づいたらしく、頭を傾《かし》げるようにこちらを向いてくる。そのまま身動きを取らないで、じーっとこっちを凝視《ぎょうし》してくる。

それが済むと、いきなり笑い出した。

「ああ、そうか！　いやぁ悪かった」

枝切りばさみをシャキンシャキンさせながら近寄ってくるので心臓がどくどく鳴り始めた。ひょぇ、と短い悲鳴が漏《も》れる。そのハサミにも途中《とちゅう》で気づいたらしく、「はっはっは」と適当に笑ってごまかしながらまだシャキンシャキンしてきた。やめろや。

「部屋が分からんよな。仕方ないので俺が案内しよう」

説明もなしに察しは早かった。あの悪い女と同じように、人のことをよく見ているのかもしれない。土と乾《かわ》いた太陽の匂《にお》いのするお爺《じい》さんが裸足《はだし》で廊下《ろうか》を先導する。背の高さもあって、その背中は頼《たの》もしくもあり、前方の視界を塞《ふさ》がれる不安もあった。

「このまま潮《しほ》の嫌《いや》がる顔も見たいが、庭の手入れがまだだからなぁ……」

お爺《じい》さんの楽しげなぼやきが肩《かた》の向こうから聞こえる。そうして、私と海《うみ》に振《ふ》り向《む》いて軽く視線を寄越《よこ》す。何をしていても楽しそうに見えるのは、地平《ちたいら》さんと似ていた。

面白《おもしろ》いことでも、悪いことでも、笑う。

「潮《しほ》がこの家に、自分の大事なものを持ち込むわけがないからな」

地平《ちたいら》さんが語った、この家についてを踏《ふ》まえれば言わんとすることは分かるのだった。

私が、あの人にとって大事なものであるかはさておき。

来ない方が、やっぱり正しかったのだろうか。

でも私の隣《となり》の子は、間違《まちが》っていても構わず動くのだろうと思った。

「この部屋だ。まだ寝《ね》ていても勝手に入っていいぞ」

廊下途中《ろうかとちゅう》の障子を指して、お爺《じい》さんがこちらの反応を気にせずすぐに引き返そうとする。

けど、途中《とちゅう》で思い出したように止まる。

「そっちのきみ」

お爺《じい》さんが、枝切りばさみを担《かつ》いだまま振《ふ》り返《かえ》る。視線と声の先には海《うみ》がいた。

「はい?」

海《うみ》は声をかけられることを考えていなかったらしく、障子に伸《の》ばしかけた手をそのままに目を丸くして固まる。

そんな海《うみ》をじぃっと見て、お爺《じい》さんは嬉《うれ》しそうに口元を緩《ゆる》めた。

「父親に似なくて良かったな」

いやぁ本当に、と愉悦《ゆえつ》混じりに聞こえる一言を付け足して、お爺《じい》さんが庭に帰っていく。

やっぱり当然だけど、分かってはいるみたいだった。

海《うみ》の方は、ピンと来ないのか反応が薄《うす》い。

「お父さんて……見たことないから、わからんわ」

「そーね」

見た見た。

さて。

障子の奥が部屋として……障子ってどこをノックすればいいのだろう？ そういうのあるのだろうか？ 和式の邸宅《ていたく》なんてお邪魔《じやま》したことないから勝手が分からない。悩《なや》んでいると、海《うみ》がノックも省いてゆっくりと障子を開く。

僅《わず》かに開けた先を海《うみ》と一緒《いっしょ》に覗《のぞ》くと、すぐに奥の目とかち合ってびくっとなった。

その目はきろりと動き、私の金髪《きんぱつ》を捉《とら》えるようだった。

地平《ちたい》さんの瞳《ひとみ》が、真昼の太陽でも見つめるようにきゅっと縮んだ。険しい口元は、けれどすぐに驚《おどろ》きを解消したように緩《ゆる》む。人と視線を誘《さそ》う、いつもの口元に。

「いらっしゃい。海《うみ》、タカソラ」

開けた障子から差し込む光の先で、布団《ふとん》から身体《からだ》を起こした地平《ちたいら》さんが、優《やさ》しく控《ひか》えめに手招きしてくる。光景は、夏の大気の揺《ゆ》らぎを押し込めたように夢幻《むげん》めいていた。寝間着《ねまき》……浴衣《ゆかた》？　真っ白い和服は、清廉《せいれん》さと儚《はかな》さを纏《まと》うようだった。部屋の影《かげ》と髪《かみ》が溶《と》け合《あ》い、床《ゆか》を埋《う》めるほどに伸《の》びているように見える。そしてその顔つきは、季節を終えた枯《か》れ枝《えだ》のように色艶《いろつや》を失っていた。一目見ただけで、色々な理由を物語るような、そんな顔色だ。

療養中《りょうようちゅう》の病人めいた空気と、室内に一歩踏《ふ》み込んだ途端《とたん》に押し寄せる冷気に背中が震《ふる》える。

いつもの花の香りが室内にはなかった。畳《たたみ》の匂《にお》いが覆《おお》い隠《かく》すようだった。

室内の装飾《そうしょく》は和風だけど、置いてある小物や棚《たな》は洋風も取り入れていて節操なかった。与《あた》えられた部屋を好きに使っている、という印象が来る。その部屋の中央に敷《し》かれた、大きな布団《ふとん》の側《そば》へ行儀《ぎょうぎ》よく縮こまって二人で座る。その私たちを迎《むか》えるように、浴衣《ゆかた》の生地《きじ》から離《はな》れた腕《うで》は……普通《ふつう》だった。痩《や》せ細《ほそ》ってということもない。顔色だけが悪かった。

「障子早めに閉じてね。エアコンつけてるから」

「あ、はい……」

後方に反るようにして、腕《うで》を伸《の》ばして障子を閉じる。人がそうして仰《の》け反《ぞ》っている間に話は進む。

「おねえ、ちゃん」

海《うみ》のたどたどしい呼び方に、地平《ちたいら》さんは頬《ほお》を緩《ゆる》める。

「なぁに」

「調子、悪いの？」

怯《おび》えて肩《かた》と頭部が引けるような尋《たず》ね方。

地平《ちたいら》さんは変わらぬ微笑《ほほえ》みのまま、それを明かす。

「実はわたしね」

海《うみ》の拳《こぶし》が硬《かた》く、棘《とげ》のように骨と血管を浮《う》かせる。

私の手は、どうだろう。ただ手のひらが汗《あせ》ばんで、熱いことだけは分かった。

そして。

「あのあと別れてからタカソラのアパートに鞄《かばん》置きっぱなしなことに気づいてね……戻《もど》るか迷ったんだけど、ここで引き返して顔見せたら、せっかくかっこつけたのにもったいないと思って、そのまま歩いて帰ることにしたの」

「……は？」

「でも家までの道なんて徒歩では知らないし本当に無一文だし電話もないし、これまでの人生で一番苦労したかもしれない。三日かけてやっと帰ってこられたけど、途中《とちゅう》で死ぬかもって思っちゃった」

あははは、と頰《ほお》の若干《じゃっかん》痩せこけた地平《ちたいら》さんがいい思い出話みたいにそう語った。実は難病を患《わずら》っていると言い出しかねない顔色の正体を知って、胸に去来するものはなんだろう。

ごまかして嘘《うそ》をついているといった態度は一切《いっさい》見えてこない。

本当にただ、歩いて疲《つか》れただけみたいだった。

……顔色は理由とか物語っていたけど、ぜんぜん、読み取れていなかったらしい。

おかしい……おかしい、おかしいおかしい、おかしい以外に言いようがないな……この人。

色々考えてみたけど他にはアホとかバカとか、短絡的《たんらくてき》な表現しか出てこない。いや鞄《かばん》忘れているのは帰ってすぐ気づいたけど、財布《さいふ》くらいは持っているのかと考えていた。

でもこの人ならそうするかもしれないと思わせるものは確かにあった。

ここまで深刻を握《にぎ》りしめてやってきた海《うみ》も、「ああ……そう、なんですか」と歯切れが悪い。

妹からちょっと昔に戻《もど》るくらいの調子になっていた。

「だから体調を崩《くず》したといえば崩《くず》したで正しいよ。しばらくは寝込《ねこ》んでたもの」

懐《なつ》かしい気持ちになった、と口元だけが笑っている。

眼光は珍《めずら》しいほどに、鋭《するど》い。

「今はただお昼寝《ひるね》してただけ。ほら寝癖《ねぐせ》」

跳《は》ねた髪《かみ》の一部を地平《ちたい》さんが楽しげに摘《つま》む。寝《ね》ているよは確かに、寝《ね》ているよだった。

「あ、その鞄《かばん》……」

海《うみ》が持ってきたそれをおずおず差し出すと、「ありがと」といつも通りの微笑《ほほえ》みで出迎《でむか》えて、そして手招きしてくる。十分近いのにまだ優《やさ》しく、柔《やわ》らかく。先に動いたのは海《うみ》だった。ず、ず、ずって座ったまま近づいてく海《うみ》に、「あ……」って声が漏《も》れる。それは海《うみ》に対してか、それとも地平《ちたいら》さんに向けての吐息《といき》なのか。整理がつかないまま、海《うみ》は地平《ちたいら》さんに抱《だ》かれる。

「お姉《ねえ》ちゃんに会えなくて寂《さび》しかった？」

海《うみ》は反論するように頭を上げかけて、でも諦《あきら》めるように姉の胸に沈《しず》むことを選ぶ。

「……うん」

「素直《すなお》な海《うみ》も可愛《かわい》いなぁ。ちょっと物足りないけど」

「どうしろと……」

海《うみ》の長い毛並みが、崩《くず》れていく背中に呑《の》まれるように分かれては流れる。こぼれ落ちるようなその髪《かみ》を、地平《ちたいら》さんが摘《つま》んでは手のひらで滑《すべ》らせて、にこにこと笑うのだった。

「タカソラもおいで」

「え……」

「だめ」

人が困惑《こんわく》している最中なのに、海《うみ》が姉の腕《うで》を抱《だ》き返《かえ》しながらこちらへ威嚇《いかく》してくる。こいつ、とぶれない感情に目を細める。恋人《こいびと》だろうと姉だろうと、地平潮《ちたいらしほ》に溺《おぼ》れて沈《しず》んでいる様に変わりはなかった。

「せっかく来てくれたんだし、ほらほら」

姉の方は構わず私を誘《さそ》ってくる。どっちの言うことを聞くか、ちょっと悩《なや》んで。

どっちも聞きたくないけど、それならどうすればいいのだろうと壁《かべ》にぶつかる。そしてぶつかっている間に、向こうから動き出した。地平《ちたいら》さんが海《うみ》を抱《かか》えたままずりずりと布団《ふとん》を動いて、私の肩《かた》を抱《だ》いてくる。有無《うむ》を言わさず、私と海《うみ》をはべらす形としてきた。

「勝ちまくりモテまくり」

私たちの肩《かた》を抱《だ》きながら、悪い女がご満悦《まんえつ》を示す。力を入れていないその手を、なぜか振《ふ》りほどくことができない。海《うみ》の顔を覗《のぞ》くと、こっちを向いて唇《くちびる》を可愛《かわい》らしく尖《とが》らせていた。

「タカソラは海《うみ》についてきてくれたの?」

「……………まぁ」

本当は、二人きりにさせたくないって思いが強かった。

どっちを?

海《うみ》か、地平《ちたいら》さんか。

どちらに比重が置かれているのか。頭がぐるぐるで、もう、私には分からない。海《うみ》と話していれば海《うみ》を好きになって、地平《ちたいら》さんにこうして触《ふ》れていると、頭痛が酷《ひど》くなる。

並べたらこの怪《あや》しい女を海《うみ》と並べる理由なんてないはずなのに、気づけば横一列。

現代における魔女《まじょ》とはこうした心の隙間《すきま》を巧《たく》みに埋《う》める女なのかもしれない。

「海《うみ》、タカソラはとてもいい子だよ。こんないい子と仲良くしないなんてもったいない」

そうあやすように語りかけていると、お姉さんどころかお母さんみたいだった。

お母さん。ママ。赤ちゃん。

頭がガンガンした。

「おねえちゃんと仲良くないなら、仲良くする」

思うところがあるように、海《うみ》が私と地平《ちたいら》さんをじっとりねめつけてくる。地平《ちたいら》さんはそうした睨《にら》みも心地《ここち》いいように、海《うみ》の背中を撫《な》でている。

「勝ちまくりモテまくり」

それはもう言った。

「仲なんてべつに……」

悪いままだ。悪いまま、いつの間にか隣《とな》り合《あ》っている。魔法《まほう》みたいな手練手管《てれんてくだ》だった。

「家は……そっか、泉《いずみ》さんに聞けば分かるね」

「うん」

「でもよく覚えてたなぁ。あの人ぽやーっとしてるからもう忘れてるかと思った」

「それはあたしもちょっと心配だった」

海《うみ》の母親はこの屋敷《やしき》で働いていたらしいけど、あの人、働けるのだろうか？

失礼な疑問が浮《う》かぶ。今は掃除《そうじ》くらいは手伝ってくれるようになったけれど。それ以外は散歩しているか、寝《ね》ているか、うちの母親とじゃれているだけだ。そうした二人の様子を見ていると、母親はもしかしたら、と思うところがないわけでもなかった。

「さてと。せっかく遊びに来てくれて、言うのもなんだけど」

私たちの肩《かた》を摑《つか》む指先が、血が通ったようにほのかな熱を帯びる。

「本当は、ここには来てほしくなかった」

地平《ちたいら》さんが、珍《めずら》しく四角い声で吐露《とろ》する。

「ろくでもないからね、わたしも含《ふく》めて」

ろくでもない女だって、何度も思いはしたけどいざ自分から言われると反応に戸惑《とまど》ってしまう。本当の悪口に弱くて及《およ》び腰《ごし》になると、案外、自分が穏《おだ》やかな環境《かんきょう》で生きていることを自覚する。

「ちょっと待っててくれる？　着替《きが》えて、一緒《いっしょ》に外に行こう」

こっちの意見は聞かないで、地平《ちたいら》さんが布団《ふとん》から離《はな》れようとする。腕《うで》に抱《だ》きついたままの海《うみ》を緩《ゆる》やかに剝《は》がして、「ほーいっ」こっちに放ってきた。海《うみ》が肩《かた》から私にぶつかって二人で横《よこ》倒《だお》しになる。体格が一回り小さいとはいえ、肩《かた》は当たり前だけど硬《かた》く、程《ほど》よく痛かった。

海《うみ》がすぐ起き上がると、その長い髪《かみ》の先端《せんたん》が私の顔を埋《う》め尽《つ》くすように襲《おそ》ってきた。顔に貼《は》り付《つ》こうとするそれを払《はら》うと、指に絡《から》みついて「ぎゃ」期せずして海《うみ》の頭を後ろに引っ張る形になった。海藻《かいそう》にでも絡《から》みつかれたように見えるそれを剝《は》がそうとしてもがくけれど、なかなか上手《うま》くいかない。

「ちょっとちょっと、気軽に頭引っ張らんといて」

「ごめん」

謝りつつも、どうすればいいのかと絡《から》みつくその先端《せんたん》に苦戦する。

「痛いっす」

「は？」

急な砕《くだ》けた言葉に面食《めんく》らう。

「え、あー……痛いんやけど」

「べつに言い直さなくてもいいけど……」

海《うみ》も内心では、そんな言葉づかいで考えているのだろうか。

海《うみ》は引っ張るのを諦《あきら》めてか、むしろ私に近寄ってきた。のしかかるように胸を突《つ》き合《あ》わせる形となる。海《うみ》の柔《やわ》らかさと匂《にお》いが肩《かた》から上を覆《おお》い、声が輪っかを描《えが》いて煙《けむり》みたいにぷかぷか浮《う》かんでいく。海《うみ》はそうした意識はないみたいで、詰《つ》めて緩《ゆる》んだ髪《かみ》を回収するように私の指から解いた。

布団《ふとん》の上にそのまま座り直して、「あっ」と驚《おどろ》いた声を上げる。心臓が跳《は》ねたまま声に導かれて顔を上げると、更《さら》に変な方向からの刺激《しげき》が来る。寝間着《ねまき》を脱《ぬ》いで裸《はだか》を隠《かく》す様子もなく晒《さら》す地平《ちたい》さんに、頭が真っ白になりそうになった。

「ちょっとっ」

私と海《うみ》、どちらが狼狽《ろうばい》と共にそう制止しただろう。

「どうかした？」

裸体《らたい》を隠《かく》す気もないまま、地平《ちたいら》さんが振《ふ》り向《む》く。ん、ん？ と優《やさ》しげに小首を傾《かし》げて、遅《おく》れて「ああ」と自分の身体《からだ》を眺《なが》めまわす。

「今更隠《いまさらかく》すような関係じゃないし」

「そうかもしれんけど……」

じとーっと、海《うみ》の平たい目線が私を牽制《けんせい》する。

「ソラは……」

「なに」

「おねえちゃんのこと好きだろうし」

「いやぜんぜん」

「悲しい」

心にもなさそうな調子で、悪い女が落胆《らくたん》する。どうせ嘆《なげ》くならもう少し本気を出せと言いたい。腰《こし》に手を当てて裸《はだか》を隠《かく》しもしない女は、最後には気持ちのいい笑顔《えがお》を浮《う》かべるだけなのだ。

しかし、この姉妹《しまい》のどちらの胸も触《さわ》ったことだけはあるのだなと考えると、なぜか恥《は》ずかしくなってくるのだった。特になぜかじゃないが。

地平《ちたいら》さんが棚《たな》から選んだのは洋服ではなく、丁寧《ていねい》に畳《たた》まれて保管されていた浴衣《ゆかた》だった。薄《うす》紫《むらさき》の生地《きじ》のそれを手慣れたように着ていく。生地《きじ》が位置を変える度《たび》、地平《ちたいら》さんの艶《つや》やかな背中や、肩甲骨《けんこうこつ》、滑《なめ》らかな……臀部《でんぶ》。控《ひか》えめに言うとそれが見《み》え隠《かく》れして、目が、しゅっしゅ、と動く。

なんか、そういう余興を眺《なが》めているみたいで……落ち着かない。指の細かい動きと心臓の跳《は》ね方が一致《いっち》する。この女は私に変な動悸《どうき》を与《あた》えすぎだ。明らかに健康に悪い。と、視線に厳しいものを感じたので横目で見ると、海《うみ》のジト目と鉢合《はちあ》わせた。

「なにか」

「やっぱり、やらしいんやな」

人の目の動きをずっと追っていたらしき発言に、動揺《どうよう》が表に飛び出すのを抑《おさ》えるのが大変だった。

「はぁ？」

「おねえちゃんの裸《はだか》じっと見とる」

そうですけど。

「それがなに？　なんとも、どうでもいいけど」

声が弱い。ここで自信満々に突《つ》っぱねられるような性分《しょうぶん》なら、今こんな事態に陥《おちい》っていない。

「見ていいと思っとるんか？」

「……あんたにそんなこと言われても」

普段《ふだん》は陰《かげ》に潜《ひそ》んでいるだけみたいに大人しいのに、この女が絡《から》むと途端《とたん》に嚙《か》みついてくる。良くも悪くも、水池海《みずいけうみ》の人間らしさというのはすべて姉に依存《いぞん》していた。こいつは、地平潮《ちたいらしほ》がいないとなにも始まらないのだ。明らかになにかを失敗して、しかし完成されてもいた。

もう、手の施《ほどこ》しようがないくらいに。

「喧嘩《けんか》しないの。わたしの裸《はだか》で二人が喧嘩《けんか》って楽しすぎるから」

「おねえちゃんの裸《はだか》見ていいのは、あたし、だけだし」

姉は楽しそうに確認《かくにん》してくる。

「そうなの？」

「そう、です」

「そっかー」

なに一つとしてそっかーを感じない、適当な相づちだった。

「普段《ふだん》から和服なんですか」

「んー、そういう気分の日もあり、用事の日もあり」

「おねえちゃんの浴衣姿《ゆかたすがた》、好き」

すぐに海《うみ》が口を挟《はさ》んでくる。小柄《こがら》で、よく吠《ほ》える犬と並んでいるみたいだった。

「ありがとー。今日の夜はちょっとね。面倒《めんどう》だけど」

帯を直した地平《ちたいら》さんが、簡潔に格好の意味を説明する。そして財布《さいふ》だけを摑《つか》んで、「さぁさあ」と私たちを救助するように立ち上がらせる。そのまま私たちの肩《かた》を抱《だ》き、外へやや強引《ごういん》に押し出してくる。エアコンつけっぱなしだけどいいのだろうか、と変なところを気にしてしまう。

三人の足音が不揃《ふぞろ》いに、庭に面した外側の廊下《ろうか》を行く。涼《すず》しさは汗《あせ》という形であっという間に肌《はだ》から剝《は》がれていく。海《うみ》が小柄《こがら》なせいもあり、地平《ちたいら》さんはやや傾《かたむ》いたままの速足だった。

庭の奥に、日焼けした人影《ひとかげ》が見《み》え隠《かく》れしていることに地平《ちたいら》さんの目もすぐ気づく。

「案内したのはジジイ？」

穏《おだ》やかな語り調子はそのままに、やや粗《あら》い言葉がその口から出てきて秘《ひそ》かに驚《おどろ》く。

「うん。おじいさん」

海《うみ》が素直《すなお》に答える。本当にお爺《じい》さんと認識《にんしき》しているようで、祖父という意識のない口ぶりだった。

「でしょうね。この家には他にそんなことする人いないもの」

「……お祖母《ばあ》さんは？」

「けっこう前に亡《な》くなった」

地平《ちたいら》さんの話の中に出てきていたのを思い出して聞いてみると、簡素な答えが返ってきた。

「それに案内なんかする人じゃなかったよ、変な人だけど」

道案内って変な人のすることなのだろうか。結局、お爺《じい》さんには声をかけないで屋敷《やしき》を出た。

門を出てすぐ、地平《ちたいら》さんの手は肩《かた》から私たちの指へ伸《の》びて摑《つか》み直《なお》す。右手に海《うみ》の手を、左手で私の手を。

摑《つか》まれて、ぞっとして、それから少しの間夏の暑さを忘れた。

蟬《せみ》の鳴き声だけが首の裏に乗っかる。

「どこ行こうねぇ」

私と海《うみ》、両方と手を繋《つな》ぐ地平《ちたいら》さんが真ん中でただ楽しそうだ。地面でなく、宙を蹴《け》って進んでいるように足取りと声が軽快で、夏の気温も流れ落ちるように白い肌《はだ》に留《とど》まっていない。

「星と海」

前なんかまるで見ないで私たちを交互《こうご》に振《ふ》り返《かえ》りながらも、その足はまったく止まらない。

「今日は、星を見にいこうか」

星、と口にされて一瞬《いっしゅん》どきりとする。そして海《うみ》が横目で私を見る。そういう星ではない。多分。

「海もいいけどせっかくなら水着の用意をしてからがいいしね」

地平《ちたいら》さんが海《うみ》の、とりわけ胸元《むなもと》あたりをじーっと見ながら緩《ゆる》く笑っている。視線だけでセクハラに該当《がいとう》しそうなものなのに、美女で、柔和《にゅうわ》で、人当たりのよい笑《え》みを浮《う》かべていれば許されるのだから、世界は持てる者には案外チョロいのかもしれない。

それから、私たちの名前ってややこしいなって思った。

海だの星だの、あげられると他のものまで連想してしまう。

「星って、昼間ですけど」

「昼でも目を凝《こ》らせば、星が見えるかもしれないよ」

また深い意味がありそうで、きっとないことを呟《つぶや》く。

こういう思わせぶりを適度にばらまくことが、賢《かしこ》さを装《よそお》う秘訣《ひけつ》なのだろうか。

「ま、今から行くとこはそんなにがんばらなくても見えるけど」

「……ああ、そういう」

どこへ向かおうとしているのかは察した。多分、近場にそういうところがあるのだろう。海《うみ》はピンと来ないみたいで最初はぼぅっとしていたけど、諦《あきら》めたのか割り切ったのか、姉と繋《つな》いでいる手だけを見つめて、穏《おだ》やかに微笑《ほほえ》むのだった。

私が、海《うみ》に与《あた》えたいもの。

海《うみ》がとっくに持っていて、占領《せんりょう》して、埋《う》めつくされて、誰《だれ》も入れないもの。

すべてが手遅《ておく》れで、始まりさえ見つからない。

死産の恋《こい》、とでも言うしかないのか。

恋《こい》した女と、そいつが恋《こい》するおねえちゃんと、どちらにも恋《こい》されていない私で、手を繋《つな》ぐ。

なにが致命的《ちめいてき》に足りないかは明白で、でも抗《あらが》うには暑すぎて、惰性《だせい》で手を繋《つな》げ続《つづ》ける。

意地を張って顔を上げて空に向き合っても、光に溶《と》けた星は見えてこなかった。

図書館の前を通り、公園を通過して、更《さら》に少し歩いた先に目指す場所はあった。

滑《すべ》り台《だい》のように並んだ数々のオブジェクトの先には、一際《ひときわ》目立つ白銀の球体。反射する夏の光に包まれていると、太陽が地表に下りてきたようだった。

様々な形の金属製オブジェクトに歓迎《かんげい》されながら入り口の近くまで来て、改めて見上げると、球体が地球儀《ちきゅうぎ》であることを知る。その球体の表にはこども館と書いてあった。

「入館料はおねえちゃんに任せてね」

中に入ってすぐの受付を前にして、地平《ちたいら》さんが財布《さいふ》をにこやかに掲《かか》げる。

「おねえちゃんなのはあたしだけやけど」

滅茶苦茶《めちゃくちゃ》な日本語で海《うみ》が牽制《けんせい》してくる。とにかく自分以外、一切《いっさい》認めないという姿勢はまったくぶれない。こっちもそろそろ、それに対して腹を立てる気力もなくなってきた。

地平《ちたいら》さんがそんな海《うみ》にちらっと振《ふ》り向《む》いた後、悪戯《いたずら》っぽくピースのように指を立てる。

「大人二枚と子供一枚です」

「おい」

海《うみ》が後ろから背中をどかどか叩《たた》いているけど、姉はにこやかに無視しきった。

「とおったとおった。やったー」

受付を通ったその姉は大喜びである。ちなみに嘘《うそ》をついたけれど、支払《しはら》いの段階で実は後ろの子も大人ですと種明かしして金額はきっちり大人料金を支払《しはら》っていた。なにがしたいのかという顔を受付の人にされていたけど、この女はこういうことがしたかっただけなのである。

「あたしのどこが中学生に見えたんや。……身長やろうけど」

自分の頭に手を載《の》せた海《うみ》がやや不服そうだ。その手が背伸《せの》びして、姉の頭の高さまで上がる。

「望《のぞ》み薄《うす》やな」

身長差を諦《あきら》めたように、すっと手を下ろした。姉はそんな妹を見て、口元を優《やさ》しく緩《ゆる》めた。酷《ひど》い笑顔《えがお》だと思う。誘蛾灯《ゆうがとう》のように人を惹《ひ》く、艶冶《えんや》な表情。これまでどれだけの女子高生をその整った顔で吸い寄せてきたのか。実の妹まで誘惑《ゆうわく》しきるとか、ただ恐《おそ》ろしい。

館内でも手を引かれたまま、螺旋階段《らせんかいだん》を下っていく。渦巻《うずま》く階段の模様は古い巻貝を描《えが》くようになっている。地下に下りると、左手側にすぐ植物の模型が広がって、森を作っていた。

地下一階の展示ホールには、その名の通り色々なものが飾《かざ》られている。色々な時代の仮面に、民族衣装《みんぞくいしょう》。体温を測るコーナーに、見たこともない玩具《がんぐ》が並ぶ机。中央には巨大《きょだい》な卵の模型があって、子供たちが卵の表面を指で突《つ》っついている。恐竜《きょうりゅう》の卵を模していると、剝《は》がれかけたシールに書いてあった。

「懐《なつ》かしいなぁ。置いてあるものがぜんぜん変わってない」

恐竜《きょうりゅう》の卵を子供に混じるように眺《なが》めながら、地平《ちたいら》さんの声が弾《はず》む。

「おねえちゃんは、ここ、よく来るの？」

海《うみ》のおねえちゃん呼びも、大分滑《なめ》らかになってきていた。

「昔はね。最近は三階の方ばっかり行ってる」

今回ってるのは、わたしがちょっと見たかっただけ。そう付け足して、一周したところで階段へと軽快に歩き出す。時々感じていたけど、足取りが子供のように軽い。歩くこと、生きることをまるで苦にしていないように。それが持つ側の人間の生き方なのだろうか。

単に寝起《ねお》きだから元気なだけかもしれない。

「目当ては三階だよ。行こう」

いつまで繋《つな》いで、そして意味があるのだろうと思う手が、ずっと揺《ゆ》れている。

階段を上がり、一階の受付まで戻《もど》る。奥の空間はワークショップと表記されている。子供たちが工作をする場所らしく、午後からの受付は既《すで》に終了《しゅうりょう》と看板が出ていた。こういうものに参加したことがないので、部屋の明るさがより増して見えるような気がした。

螺旋階段《らせんかいだん》を更《さら》に上へ進むと、二階は円環《えんかん》が広がっていた。照明が青みがかったこともあってか、エアコンの効きが強まったように錯覚《さっかく》する。ホールにはたくさんのパソコンが置かれていて、宇宙に関する様々な映像が表示されていた。壁《かべ》に展示されているモニターには、太陽や他の星の軌道《きどう》が表示されて、説明のアナウンスが聞こえてくる。

パソコンが生活圏内《せいかつけんない》に存在しないので、見ていても馴染《なじ》みがない。納涼《のうりょう》を求めるような子供たちが、画面と向き合わないで座ってお喋《しゃべ》りに興じていた。その子供の日焼けが目立つ細い腕《うで》を、なんとなく、じっと見てしまう。

私は日焼けとあまり縁《えん》のない子供だった。活発な気分になれない、そんな家で育ってきたから。夏休みは真面目に宿題をして、家のことをやって、扇風機《せんぷうき》の前に座っていた。立派な子供だと思う。誰《だれ》も褒《ほ》めてはくれなかった過去の自分を、今、称賛《しょうさん》する。

階段は二階で終わっていた。ここからはエレベーターで三階へ上がるらしい。非常口へ続く通路で薄暗《うすぐら》く私たちを待つエレベーターに乗る。この間のホテルのそれと比べると狭《せま》く、足下《あしもと》に不安定を感じた。飾《かざ》り気《け》のない小さな箱が、操作に合わせて上昇《じょうしょう》する。

空に、宇宙にまた少しだけ近づく。

結構な距離《きょり》を上って、でも表記はあくまで三階らしい。扉《とびら》が開くと、細長い通路があった。ここもまた、円環《えんかん》を描《えが》いて繋《つな》がっているらしい。夏の催《もよお》しを紹介《しょうかい》するポスターの貼《は》られた壁《かべ》の前を通り、紫色《むらさきいろ》の扉《とびら》の向こうへ行く。

「ここが丁度ね、外で見た地球儀《ちきゅうぎ》の中なんだよ」

「へぇ……」

地平《ちたいら》さんが係員みたいに説明してくれる。中は紫色《むらさきいろ》の床《ゆか》と壁《かべ》が慣れない雰囲気《ふんいき》を醸《かも》して落ち着かない。傾斜《けいしゃ》した床《ゆか》に配置された座席は上映前だからか、結構な数がまだ空席だった。手を繋《つな》いだままなので必然、三人で並んで座ることになる。

「真ん中がわたしでいい？」

段差の中央に投影機《とうえいき》らしきものがあり、その右下の席を取りながら、地平《ちたいら》さんが私たちの反応を窺《うかが》う。

「あたしはええよ」

海《うみ》がちらりと私を確認《かくにん》しながら言う。多分、お姉ちゃんの隣《となり》ならなんでもいいよって話だ。

私が真ん中に来ると、うるさいシスコンがお姉ちゃんの隣《となり》を取れないのできっと認めない。

「お好きにどうぞ」

手を繋《つな》ぎ直《なお》すのも、そもそも繋《つな》ぐ意味も見出《みいだ》せない。

「私は、勝ちまくりモテまくりじゃないから」

だからきっと中心に座るのは間違《まちが》っているのだろう。

「タカソラもその気になれば、いくらでもモテるけどね」

リクライニングチェアの調整をしながら、地平《ちたいら》さんが吐息《といき》を吹《ふ》きかけるように間近で褒《ほ》めてくる。椅子《いす》も紫《むらさき》で、地平《ちたいら》さんの浴衣《ゆかた》も紫《むらさき》。溶《と》け込《こ》むようだった。

「きみは女の子でポーカーの手役作れる系女子だよ」

「言葉の意味はよく分からないけど、最低の雰囲気《ふんいき》だった」

つい内心を口に出してしまう。いい笑顔《えがお》でろくでもないことを言って、そして相手の関心を奪《うば》う。その辺も含《ふく》めて計算した振《ふ》る舞《ま》いなのかもしれない、と深読みしそうになる。

「ところでこれ、なに？」

席を傾《かたむ》けて明朗たる紫色《むらさきいろ》を見つめながら、海《うみ》がお姉ちゃんに問う。

これも知らないのか、と地平《ちたいら》さんを挟《はさ》んで見える小さな頭に驚《おどろ》きの目を向ける。どれだけなにとも繋《つな》がらない世界で生きてきたのだろう。今、学校に通って会話が成立しているだけでも奇跡《きせき》的な生き方をしてきたのかもしれない。

「もうちょっとで分かるよ、楽しみにしていて」

そんな妹に対して、姉はからかうこともなく、優《やさ》しく受け止める。

一瞬《いっしゅん》、いい姉なのではって思ってしまうような丸みが声にあった。

「うん。お姉ちゃんの連れて行ってくるところなら、どこでも楽しい」

「……いひひひ」

若干《じゃっかん》気味悪い笑い声を漏《も》らしているのは、地平《ちたいら》さんの本心が混じっているからだろうか。

ろうそくの火を吹《ふ》いたように、照明が消える。大した客数じゃないまま、本日何度目かの上映が始まるらしい。天体観測、プラネタリウム。実際に体験するのは、私も初めてだ。

室内が真っ暗になる。暗いと、肩《かた》が少し重く感じるのはなぜだろう。

流れ込んでくる冷房《れいぼう》の風に鎖骨《さこつ》を撫《な》でられた気がして、身震《みぶる》いする。

視界の黒色が増す度《たび》、未《ま》だ肘掛《ひじか》けの上で握《にぎ》り続《つづ》ける隣《となり》の手だけが確かなものになっていく。

本当に好きかも怪《あや》しい女子高生の手を、取りあえずで握《にぎ》っておく女。

そう考えると、じわじわ腹が立ってきた。

……モテる、ねぇ。

とっくにその気になっているのに、相手が素っ気ないままなのはどうしてか、問《と》い詰《つ》めたかった。

入館料を思い出しながらシートに深く身体《からだ》を預けて、暗闇《くらやみ》に目を細める。

そうして私たちは、五百円の星と出会った。

斜《なな》め上の機械の動き出す音がした。でもまだ暗闇《くらやみ》は灯《とも》らず、おねえちゃんの手の熱だけが左右とか上下とかない中で位置を教えていた。なにが始まるのだろう。

映画館ってこういう雰囲気《ふんいき》なんだろうか。入ったことがないから、暗転だけでそういう印象を持つ。おねえちゃんと映画館に行ってみたら、おねえちゃんの横顔ばかり見ていそうだな、って思う。おねえちゃん、一週間ぶりの、おねえちゃん。

チキさんって呼んでいた時間の方がずっと長いのに、おねえちゃんの方がずっと、自分に馴《な》染《じ》む気がする。おねえちゃんって思う度《たび》、心臓が痛い。張《は》り詰《つ》めて、いっぱいになって。

顎《あご》が震《ふる》える。おねえちゃんって言いたくなる。その腕《うで》にしがみついて、泣きだしたくなる。

この息苦しくなる気持ちの名前がわからない。微《かす》かな距離《きょり》さえもどかしく感じる、焦《あせ》りにも似た前のめりの衝動《しょうどう》。今までの恋《こい》とも異なるような感情が、網《あみ》に指を食いこませて揺《ゆ》さぶるようにあたしを震《ふる》わせた。

おねえちゃん。

呼吸の代わりにその言葉が出入りしているから、ずっと苦しいのかもしれない。

そんなことを悩《なや》んで、考えていたら、前方の暗がりにじわぁっと光の粒《つぶ》が散った。

少し経《た》って、それが夜空に星を映しているのだと理解した。

綺麗《きれい》な砂粒《すなつぶ》みたいに、無数の星が散らばっている。整った夜空、という感じがする。星は、ほとんど見たことがない。夜中は蹲《うずくま》るように大人しく、音を立てないように寝《ね》て耐《た》えていた。夜に生まれる音はいつだって、耳にすれば不快なものが混じってくる。自分がどうしてここにいるのか、いるためになにが必要なのか、そういうものを知らされて、弧《こ》を描《えが》くように自分がえぐられてしまう気がした。

だから広がる星空に、なにを思えばいいのか。あたしは、本当になにも知らない。

見上げていると寒気がする。いけないことをしているみたいで、首筋が引きつる。そうして腕《うで》が強張《こわば》るのを察したように、おねえちゃんがあたしの手を握《にぎ》り直《なお》した。星空を描《えが》く薄《うす》い灯《あか》りの下に映るおねえちゃんの横顔には、期待に緩《ゆる》んだ口端《こうたん》があり、星を呑《の》み込《こ》むように負けず輝《かがや》く瞳《ひとみ》があった。

星空の様子が段々と移り変わり、解説の人の声が聞こえ始める。当館の解説員のなんとかさんがまず始めたのは、今夜の星空についてだった。今の時期に見える星座を説明しながら、今夜はどちらの方角にどんな星が見えるかを順繰《じゅんぐ》りに解説していく。晴れていない日に来たらどんなこと話すんやろうと、そんなことをぼんやり思った。星の説明は、馴染《なじ》みのない名前ばかり出てきてあまり頭に入らない。

星座の名前とかしらんし、自分の生まれもよくわからんし、そういえば血液型もしらん。解説員は悪くない。星にまつわる逸話《いつわ》だったり、なんかわからんけど詩みたいなやつだったり……丁寧《ていねい》に話してくれるけど正直、興味があるわけじゃないから、そんなに芳《かんば》しく反応できない。学のない人間に丁寧《ていねい》に教えようにも、最低限がないと難しいみたいだった。

だからあたしは、星空とおねえちゃんを交互《こうご》に見ていた。

星を嬉《うれ》しそうに見上げるおねえちゃんは、光っとる。だからどっちも、あたしにとっては星のようなものだった。

おねえちゃんを見ていると、時々、ソラと目が合う。ソラの目は、あたしに向くときいつもなにか言いたそうに曲がっている。でも本音は涙《なみだ》みたいに溢《あふ》れることなく、取《と》り繕《つくろ》ったものが出るか、黙《だま》っているか。ソラは理性的で、間違《まちが》いなくあたしが出会った中で一番いいやつだった。

おねえちゃんは限りなく優《やさ》しいけど、ええ人かっていうと……ちょっとだけ違《ちが》うと思う。ええ人は彼女いるのに他の女子高生に手をつけん。本当にしょうがない人だ。

で……そうそう、ソラはいいやつ。そしてあたしのことが好き……らしい。とても困ったことに。困るっていうのは残酷《ざんこく》で、酷《ひど》いのかもしれんけどどういう態度で向き合えばいいのか、あたしにはわからなかった。あたしが知っているのは嫌《いや》なやつと怖《こわ》いやつとお母さんと恋《こい》した人の見つめ方で、友達とか同級生とか、そういうのはこれまで経験がなかった。

でもソラはあたしを、友達とも同級生とも見ていない。

あたしの胸を恐《おそ》る恐《おそ》る触《さわ》るときの、あの表情。熱の隠《かく》し切《き》れない頰《ほお》、ろ過された純粋《じゅんすい》な興奮に潤《うる》む瞳《ひとみ》、鼓動《こどう》が鎖骨《さこつ》を叩《たた》く音。全部、透《す》かして見渡《みわた》せるようだ。あたしがおねえちゃんに向けて、体験していたものそのままだったからだ。

でもあたしはそれと同質のものを、ソラに感じない。

まったくなにも、胸《むね》の奥で溶《と》けてこない。

あたしにとって優《やさ》しさはおねえちゃんで、甘さはおねえちゃんで、愛はおねえちゃんだった。最初に出会って、その形をすべて教え込まれて、そこに収まるものしか認識《にんしき》できなくなってしまったのだ。だから、言っとることはめちゃくちゃなんやけど……ソラがおねえちゃんとまったく同じ優《やさ》しさと甘さと愛を持っていたなら、あたしはソラしか目に入らなくなるのだろう。

もちろん、そんなことはあり得ないけれど。

もしかしたら、おねえちゃんと出会う順番が逆だったら、あたしはソラにまた違《ちが》う気持ちを抱《いだ》いたのかもしれない。でもおねえちゃんにあの日出会わなかったら、多分あたしはソラと出会うことはなかった。つまり、どうにもならなかったのだろう、きっと。

あたしはソラに、ソラの望まない好きを感じている。

それはここに来る前に話したとおりだった。ソラとは長く暮らせるかもしれないけれど、でもあたしはソラの側《そば》にいない方がお互《たが》いにいいのだろうなとも思う。

あたしはおねえちゃんに振《ふ》り向《む》いてもらえんかったら多分死ぬから、ソラもきっと、そんな気持ちだ。だから……よくない。

やっぱり今回も、長続きはそんなにしなかった。

ソラと暑苦しい部屋で一緒《いっしょ》に寝《ね》るの、嫌《きら》いではないんやけど。

そんな風に、あたしは近くの星を見ていた。

知っている星は、そこにしかなかった。

ソラとしばらく見つめ合っていたけど、やがてソラは逃《に》げるみたいに星空に目を向けた。

あたしも取り残された気がして、思うところのない星空をぼんやりと見る。

「……………………」

あたしの心を潤《うるお》さない光が、空いっぱいに広がっていた。

なんで星なんか見ているんだろう、とふと疑問を覚える。

それは星にではなく、自分に向けた不思議だった。今までの時間なんて一生振《ふ》り返《かえ》りたくもないけど、忘れることができない。その嫌《いや》なばかりの時間が今と地続きなんて、とても信じられない。

知らない家と学校の往復だけだった。少し道を逸《そ》れたのが見つかったら、蹴飛《けと》ばされたこともある。見つかったらどうするって怒鳴《どな》られて、宙を軽《かろ》やかに舞《ま》って地面に肘《ひじ》を叩《たた》きつけて痛さに動けなくなった。最初は表にできたすり傷ばかり気にしていたけど、その後、脇《わき》より少し上の場所がずっと痛くていつまでも治らなかった。呼吸する度《たび》に苦しくて吐《は》きそうで変な音がして、ずっと背中を丸めながら極力呼吸を止めていた。夜中にずっとそうしていたら、いつのまにか寝《ね》る前の癖《くせ》になっていた。

今振《ふ》り返《かえ》ると、骨にヒビでも入っていたのかもしれない。

同じ家にいる人間を家族と言うのなら、あたしにとって家族とはそういうものだった。お母さんはなんにも助けてはくれんし、それ以外はあたしに疎《うと》ましさしか見出《みいだ》さんし。

排他的《はいたてき》で、傷つけるばかりで、心を許してはいけないもの。

それが家族。

でも今、あたしは知らない家族に隣《とな》り合《あ》っている。

おねえちゃん。

呟《つぶや》く度《たび》思う度《たび》、胸にどろりと流れるものがある。それをすくって舐《な》めてみると、甘い、って感じる。砂糖とチョコレートの中間の甘さと粘度《ねんど》。その味をしって、あっという間に中毒になってしまった。だから今日も、おねえちゃんに会いに来たのだ。

おねえちゃんに抱《だ》かれていると、あたしに余裕《よゆう》がなくなる。

嫌《いや》なことを思い出す隙間《すきま》を一切《いっさい》失うくらい、おねえちゃんで埋《う》め尽《つ》くされて。

もしかしたらおねえちゃんに染まり切ることを、幸せって、言うのかもしれない。

暗い場所にじっとしているせいか、色んなことを思い出したり、考えたりしてしまう。

星の映像がゆっくりと変わり、長い光の川のようなものが縦に走るのを見上げていると、なぜか涙《なみだ》が滲《にじ》む。まばたきを忘れて目が乾《かわ》いたのだろうか。或《ある》いは、星を呑気《のんき》に見上げている自分に安堵《あんど》したのかもしれない。

目を瞑《つぶ》っても、瞼《まぶた》の向こうに星を感じる。

星はあたしの血を吸ったように、少し暖かかった。

しばらくして解説員の来場への挨拶《あいさつ》とお礼が聞こえて、目を開ける。

星は片付けられていた。

代わりに吹《ふ》き消《け》されたろうそくが灯《とも》るように、光が入《い》れ替《か》わる。

「こういうのは何度体験してもいいよね」

明るさを取《と》り戻《もど》したおねえちゃんが満足したように、声までにこにこしている。

「タカソラも楽しめた？」

「……全然」

ソラは目になにも浮《う》かんでいないけれど、返事に涙《なみだ》が滲《にじ》んでいる気がした。

おねえちゃんと話しているソラの視線が、あたしに向いて留《とど》まる。戸惑《とまど》いに濡《ぬ》れる瞳《ひとみ》。察したようにおねえちゃんもまた、あたしに向く。多分、あたしはまだ泣いているのだろう。おねえちゃんはあたしの涙《なみだ》を拭《ぬぐ》わない。前もそうだった。泣くことは悪いことじゃないって考えているみたいに、ただ微笑《ほほえ》んでいる。許しているのだ、あたしを。

だからおねえちゃんはそのまま、あたしに話しかけてくる。

「海《うみ》、せっかくたくさんの星を見たんだし、願いごとでもしてみたら?」

「ねがい……?」

声と同時に、涙《なみだ》がまた浮《う》かぶ。

「昔からね、人は星に願いを託《たく》すんだよ」

映し出された星空はとっくに消えて、紫色《むらさきいろ》の天井《てんじょう》しか残っていなかった。

残る星は、そう、あたしの隣《となり》にしかない。

その星を見る度《たび》、肩《かた》が震《ふる》える。なにが言いたいのかわからなくなって、でも溢《あふ》れるもので溺《おぼ》れそうになる。おねえちゃんは本物の星みたいに静かにあたしを照らして、じっと待っている。

いつかも聞かれた。あたしはおねえちゃんになにを望むのかと。

どんなおねえちゃんがいいかって。

あたしの望むこと。おねえちゃんの近く、近い、おねえちゃん。

誰《だれ》かが、側《そば》にいて、いさせてくれて、許してくれて、そして。

優《やさ》しく、してくれること。

「あたしだけのおねえちゃんがほしい」

肩《かた》に切り傷ができて、そこから願いが溢《あふ》れ出《で》るようだった。

なみなみと、声がミミズのようにのたうつ。

「あたしを許してくれる人がいい。叩《たた》かない人がいい。優《やさ》しくて、怖《こわ》くなくて、優《やさ》しくて、優《やさ》しくて優《やさ》しくて優《やさ》しくて優《やさ》しくて、あったかくて優《やさ》しくて、許して、許して、許してくれて」

なにをしっかり伝えればいいのかわからなくて願望が転げまわりながら先走る。語彙《ごい》が絶望的に欠けた、どん詰《づ》まりの頭が焼き切れそうになるくらい回っている。いくつも思い出される過去があたしのこめかみを殴《なぐ》りつけては後方へ飛んでいく。

かっかっかって、嫌《いや》な記憶《きおく》をいくつも何度もどれだけでも、そればかり覚えている。おねえちゃんと出会って、出会ったときはおねえちゃんじゃないけど、いいこと、楽しいこと、たくさんあったのにずっと不安だけは消えなかった。だって、離《はな》れるから。

駅前で別れる度《たび》、人生の終わりへ背中を押されたみたいに心細かった。

またねも、さよならも、みんな嫌《いや》だった。

不安じゃなくなりたい。

絶対でありたい。

怖《こわ》さを捨てたい。

それって、つまり。

「しあわせになりたい」

言い切ると、頭のどこかでぶつりと切れる音がした。かくんと、自然に俯《うつむ》く。

はぇ、ほ、と明瞭《めいりょう》じゃない声がぽろぽろこぼれながら、目玉を見開く。まぶたが動かず、どんどん乾《かわ》いていく。血が噴《ふ》き上《あ》がるように首が熱い。ぼこぼこ、泡《あわ》を立てている音がした。

「んー……」

緩《ゆる》く考え込む声が、頭の上で伸《の》びて。

「幸せね」

人によってその形が違《ちが》うのが辛《つら》いところだよね、とおねえちゃんが誰《だれ》かに言う。

知るかって、怒《おこ》ったような別の声がする。

「自分を幸せにすることは簡単だけど、他人にそれを与《あた》えるには覚悟《かくご》がいる」

あ、これ小説に書いてあったやつ。もう読んだ？　とまたおねえちゃんが誰《だれ》かに聞く。

うるさい、って苛立《いらだ》った声がした。

「……そうだよねぇ。海《うみ》は、流石《さすが》に妹だし責任取らないとねぇ」

そう言ってから、おねえちゃんはふと、なにかを思い出すように目を瞑《つぶ》り、満足そうに口元を緩《ゆる》める。

「それにそう……約束したからね」

「やくそく？」

あたしの問いを軽《かろ》やかに受け流すように、おねえちゃんが顔を上げて優《やさ》しく笑う。

おねえちゃんのやさしさ。

花が咲《さ》き、そしてその花片《かへん》が風化するように散る儚《はかな》さを持つ、繊細《せんさい》なもの。

「海《うみ》、一緒《いっしょ》に暮らす？」

おねえちゃんの手が、あたしの手を覆《おお》うように包む。

最初に出会ったときの、傷を埋《う》めるように。

「……え」

「勿論《もちろん》あの家じゃなくて、どこか借りて二人で。あ、二人ね。泉《いずみ》さんはなし」

顔を恐《おそ》る恐《おそ》る上げると、その先には光しかなかった。

本当に、目の中が真っ白になって。しばらく、なにも見えなかった。

真っ白な中に、おねえちゃんの声だけが浮《う》かぶ。

「海《うみ》が幸せになる方法、他に思いつかないから」

少し残念だけど、と続いた言葉の意味はわからないし、どうでもよかった。

そんなことより、大事なのはおねえちゃんと別れなくていい。

出会って、必ず生まれてきた別れの死。

朝から晩までおねえちゃん。晩から一生、おねえちゃん。

こきゅ、あ、こけ、と。

喉《のど》を鳴らすように返事する。

さっき頭の中でちぎれたものから、血が、噴《ふ》き出《だ》し続《つづ》けるようだった。

祝福のように、いつまでも。

その真っ赤な奔流《ほんりゅう》が、発光していた視界に塗《ぬ》りたくられて、物体の輪郭《りんかく》を浮《う》き上《あ》がらせる。

二色《いろど》で彩られた視界が戻《もど》ってきた。

その単純で刺激的《しげきてき》な世界の中に、浮《う》かぶもう一つの星。

おねえちゃんと重なるように、向こうにあった星。

ソラの磨《みが》かれたような瞳《ひとみ》に、強い輝《かがや》きは見つけられなかった。


駅前まで地平《ちたいら》さんに送ってもらった。と思う。

暑さと展開に頭を焼かれたせいか、それまでの過程が曖昧《あいまい》だった。気づけば私と海《うみ》は並んで帰りの電車に乗り、浮《う》かんでそのままだった汗《あせ》が額や背中を伝って身震《みぶる》いしていた。

「あたしはおねえちゃんと暮らすわ」

車窓からの駅の様子を横目に見ながら海《うみ》がそう言った。

「おねえちゃんと一緒《いっしょ》がいい」

「……あ、そ」

適切な言葉というのが、いくら考えても見つからない。ぶつけるべき本音には間違《まちが》いしかなく、取《と》り繕《つくろ》うべき建前にも誤りしかない。もう話すことがなくなってしまい、景色を見るくらいしか逃避《とうひ》先《さき》がない。

こうなることが分かっていて、でも他にどうすることもできなかった。

一週間後に隕石《いんせき》が降って死にますよと言われても、なにもできないように。

私に。

誰《だれ》かに。

姉と妹が一緒《いっしょ》に暮らすのを引き留める理由が、あるというのか。

プラネタリウムを出る直前、「ごめんね」と、悪い女が私に謝ってきた。

なにを謝られたのか、考えるのも嫌《いや》になった。

「学校は？」

「わからん。おねえちゃんと相談して、近くに住むかもしれんし……それに、正直どっちでもいいっていうか……」

言葉をぼやかしながらも、海《うみ》は、いつもの姿勢を示す。こいつは今のことしか考えていない。未来をまったく信じていない。私だって少しくらいは勘違《かんちが》いして夢見ることだってあるのに。どれだけ夢のない乾《かわ》いた毎日で、そしてあの女が刺激《しげき》になってしまったのか。

「どっちでもよくは、ないでしょ……就職とか」

あの女と暮らすことで、そうした生き方が不要になるのかもしれない。ただ姉と一緒《いっしょ》にいることが、生きるということのすべてだと言われたら私に説得の言葉はなかった。

「就職はええわ」

「ええて……」

海《うみ》の、微《かす》かな笑い声が混じる。

そして。

「あたし、女子高生じゃなくなったら死ぬつもりやから」

電車の音が頭と目を横に裂《さ》くように走った。

耳が一瞬《いっしゅん》、閉じられたようにくぐもって音を失う。頬杖《ほおづえ》を解いて、慎重《しんちょう》に、そう警戒《けいかい》するようにゆっくり顔を上げる。逃《に》げていた視線の先には、いつもの整った横顔があるだけだった。

「なんて?」

「え、死ぬつもりやって」

通常運行する電車の滑走音《かっそうおん》に紛《まぎ》れるには、あまりに尖《とが》った単語。背中と腕《うで》の肌《はだ》が同時に寒気を訴《うった》えて、後退《あとずさ》りしそうになるけれど、ボックスシートにしっかり座っているのでそんなものはない。

「死ぬ、って。……死ぬ?」

「自殺、になるんやろうな。人の手を借りるわけにいかんし」

海《うみ》の眉間《みけん》に皺《しわ》ができる。宙を睨《にら》みつけて、「迷惑《めいわく》にならん死に方って、なんやろな」という呟《つぶや》きはひょっとして私に相談でもしているつもりなのか。やめてよ、と忌避《きひ》が鼻の先を掠《かす》める。

後頭部が七メートルくらい伸《の》びて、手が届かなくて他人事《ひとごと》みたいになっているように言葉が鈍《にぶ》い。

「ちょっと、なにが言いたいのか」

「そのままやけど。おねえちゃん、女子高生じゃないあたしなんて愛してくれんし」

海《うみ》の語り口調は無風のように穏《おだ》やかで、一方こちらは砂浜《すなはま》の熱で足を焼くように早口に焦《あせ》る。

「そこまででもないんじゃない？」

そんな容赦《ようしゃ》ないほどの性格には思えない。妹のことは大事にするだろうって、好意的に捉《とら》えてしまうのは私が毒されている影響《えいきょう》だけではないはずだ。そういう優《やさ》しさは確かにある人だった。

でも海《うみ》は、緩《ゆる》く首を振《ふ》る。

「長く生きたところで、あたしは駄目《だめ》やわ。あたしの将来ってやつな、絶対よくならんって自分が一番わかっとる。ああこれはな、努力して、がんばればそれなりの立場を見つけられるかもしれんっていうのはわかっとる。でも、今以上には絶対ならん。おねえちゃんがあたしを本当に愛してくれる今が、人生で一番高い場所にいるときなんだって、理解しとる」

大きな胸を張って、そんなことを言われる。諦《あきら》めを堂々と語る海《うみ》の声は、浜辺《はまべ》の私を襲《おそ》う波のようだった。静かに、大きく、そして確実に巻き込んでくる。

「妹としては、ずっと愛してくれるかもしれん。でも駄目《だめ》や、あの人が女子高生に向ける愛だって独《ひと》り占《じ》めしたい。何年も経《た》って、おねえちゃんが他の女子高生を愛するなんてもうあたしには耐《た》えられん。でも、そのことでおねえちゃんを責めるのは間違《まちが》っとるやろ？　だからあたしは、死ぬしかない」

「い、」

いやいやいや。

難問だった。

これまでのどんな言語を用いたテスト問題よりも、頭に入ってこない。

分からない。全部間違《まちが》っているから、指摘《してき》するのが馬鹿馬鹿しくなっているかもしれない。

なんでそうなるのかと説明はしているけど、でも、なんでそうなるのか。

しかないと言われても大変に困るし、いや本当に……本当に、そんな理由で死んでいいのか。人間は寿命《じゅみょう》を迎《むか》えるとか、老後とか、老衰《ろうすい》とか……それって、ええと、どの辺に正しさがあるんだ？　つまらない映画を見ていたら途中《とちゅう》で投げ出してしまうのも自由ではある。でも映画は最後のスタッフロールまで見たいじゃないか。どうせお金を払《はら》ったなら、生きたなら。私はそう思って……いや全然関係ない話になっている気がする。なんだっけ、なんだ、なんだった？

「死ぬってこと、本当に分かってる？」

あまりに気軽で、そして顔色一つ変わらない海《うみ》に、思わず尋《たず》ねる。

片手でなにも持てそうにないくらい細く、脆《もろ》そうなその腕《うで》で、どうやって受け止めているのか。

「ソラはわかっとるんか？」

質問を無視されながら尋《たず》ね返《かえ》されると、なにも言えなくなる。

こっちだって知らないのは確かで、いやでも、死ぬのは駄目《だめ》だって、みんなが言うし肌《はだ》がびりびりするし、根底はやはりそう分かっていてその理由をしっかり形にできないもどかしさにおかしくなりそうだった。痒《かゆ》いのにその場所が分からない感覚に似ていて意識が取っ散らかる。

駄目《だめ》なのは、駄目《だめ》なんだ。

それ以上の理由がなくて、そこでそう思えないならもう、手遅《ておく》れなんじゃやって思う。

「死んだら終わりじゃん」

結局そうとしか言えない。そして、海《うみ》は、うんと頷《うなず》いた。

「終わりたいんや、あたし」

言いきられて、動機の迷路《めいろ》はゴールを見つける前に閉鎖《へいさ》されてしまう。

こんな爽《さわ》やかに整った自殺志願者、どう思いとどまらせればいいのか。

私には重荷が過ぎて、でも相手は初恋《はつこい》の人で、今も、好きで。

そして私の好きが必要ない、そんな相手で。

そうなるとなにも、ぶつけるものがなかった。

「あんたは、二十歳《はたち》くらいまでは制服着ても大丈夫《だいじょうぶ》だと思うけどね」

頭と関係ない部分から生まれた感想が、勝手に出る。

「……それでもええんかな？」

「さぁ……」

真剣《しんけん》に検討していそうな海《うみ》から目を逸《そ》らして、また、景色に逃《に》げる。鉄橋の上を渡《わた》り、富める川の水面には受け止めた光が満ちる。夏の息づかいが車窓の向こうからでも伝わってくる、そんな休みの日。

私の二《に》の腕《うで》はまだ温度差を描《えが》いて、背中に悪寒《おかん》を蓄《たくわ》えていた。

……え、こいつ高校生じゃなくなったら死ぬの？

本気で？

遅《おく》れて驚《おどろ》いて、そのすっきりした横顔を二度見した。

思い切りがいいと意固地を行ったり来たりしていそうな海《うみ》は、その翌日には本当に荷物を纏《まと》めて出ていくつもりみたいだった。私物の少なさもあって、身支度《みじたく》はあっという間だった。

強い風が吹《ふ》き込《こ》むように、夏の始まりに訪《おとず》れたやつが、その終わりを待たないで消えていこうとする。

もう知らない人間を見るくらい、遠い昔になってしまった私の願いは、こんなに呆気《あっけ》なく叶《かな》おうとしていた。

中指にはめた自称《じしょう》五百万円の指輪を掲《かか》げて、海《うみ》がじぃっと見つめている。

その癖《くせ》のある髪《かみ》と、幼い顔を見るのもこれが最後になるのだろうか。学校も、どうでもよさそうにしているし破滅《はめつ》まっしぐらで、でも本人はそれを受け入れて、むしろ望むようであって。

おかしいのは明確に向こうなのに、こっちの頭がどうかなりそうだった。

指輪を見つめる海《うみ》の表情が、満ち足りようとしていて。

それが気に入らない気がして、声をかける。

「海《うみ》のお母さんは、なんて……？」

母親は当然、ついていかないらしい。じゃあその母親はどうするんだというのも気になるけど、それはひとまず置いておくとして。

「そう決めたならそれでいいよって」

「死ぬってことも？」

突《つ》っ込《こ》むと、海《うみ》が指輪を隠《かく》すように手を腰《こし》の後ろで結ぶ。

「それは、話しとらんけど」

それはそうだろう。いくらあの母親でもそこまで話せば……止めるのだろうか？

止められる力なんて、あんな人にあるのか？

あんな弱々しい母親なんて、他に知らないくらいだった。

「正しくない、やろ？　ソラの言いたいこと」

海《うみ》が先読みしてくる。いつかの問答を繰《く》り返《かえ》すように。

「そう」

他に主張もないので、頷《うなず》くしかなかった。海《うみ》も頷《うなず》いて、でも、拒絶《きょぜつ》する。

「前も言ったけど、正しさの恩恵《おんけい》に、『正しく』与《あずか》れるほどあたしは真っ当じゃない」

「……………………」

そんなのは、私も同じだった。本当は正しさなんてどうでもいいことも含《ふく》めて。

ただ私は、間近で見る『星』を失いたくないだけだった。

「おねえちゃんはあたしにとって結末そのものやから。正しいとか悪いとかに並ぶ、そういうもの」

海《うみ》の答えに曇《くも》りはなく、私との温度差に身震《みぶる》いしそうになる。

荷物を詰《つ》め込《こ》んだ鞄《かばん》を取り、海《うみ》が忘れ物を届けるように、私へ向く。

「ソラには色々世話とか迷惑《めいわく》とか……あったけど。でも、おねえちゃんは、あげない」

海《うみ》が明確に、私の胸を突《つ》き飛《と》ばしてくる。声で、態度で、壁《かべ》を敷《し》くように。最後までこいつは、それだけなのだ。私との間にあるものを、あの女を通してしか見ることはない。怒《いか》りは藁《わら》を燃やすように一瞬《いっしゅん》、派手に噴《ふ》き上《あ》がるけれどすぐに鎮火《ちんか》してしまう。

失意と、無力感。後悔《こうかい》の亜種《あしゅ》みたいな疲労《ひろう》に、摑《つか》んでいた脆《もろ》い糸を手放す。

「……もういいよ、どっか行きなよ」

最後にそう思って別れるなんて最低だけど、気持ちはもうそこ以外のどこにも行けなかった。こいつの言ってることが本気なら、死ね、って言ってるようなものなのに。

「うん」

こっちの勝手な失望も気に留《と》めないで、海《うみ》が、部屋を出ていく。追いかけるか迷って、手足に力がないのを確かめてから大の字に寝転《ねころ》んだ。荷物と人間を失って、元通りになった部屋。戻《もど》れるのは部屋だけで、私は、もう手遅《ておく》れに思えた。

……いや。部屋だって、完全には戻《もど》れない。

匂《にお》いがあった。

水池海《みずいけうみ》の乾《かわ》いた残り香を、鼻の先に集める。

終わった気がしないのに、ああでも、終わっているのだ、多分。なにもかも。

酷《ひど》い夏だった。

大きな波が通って、ずぶ濡《ぬ》れにして、溺《おぼ》れさせて、息苦しさを教えて、切なくさせて、心細くして、不安を煽《あお》って、独りぼっちにして、底に沈《しず》めて、二度と浮《う》かび上《あ》がれないくらいに漂《ただよ》って。

海《うみ》の底から見上げる星の美しさを、私に教えた。

そして好き放題弄《もてあそ》んで砂浜《すなはま》に打ち上げられた私を意に介《かい》さないで、引いていく。

先に言ってしまうと。

私の知る『水池海《みずいけうみ》』と出会うのは、これが最後だった。

『星は空高く』

My first love partner
was kissing

夢を見ていた。寝《ね》てもいないのに、ずっと夢を。

あり得ないから、想像力が追いつかない……お粗末《そまつ》な夢を。

まばたき一つで失われて、二度と見ることのできない、白昼夢。

「……………………」

結局どれくらいだったのだろうと数えかけて、やっぱりやめたと手《て》の甲《こう》を見つめる。

寝転《ねころ》んで、天井《てんじょう》でも透《す》かすように伸《の》びた指先をじっと見つめても雪が積もるように暑さが増していくばかりだった。天井《てんじょう》を越《こ》えて、夏が雨みたいに降ってくる。

夏は私の頬《ほお》を気持ち悪く濡《ぬ》らして、伝い、滴《したた》るように床《ゆか》へ流れていった。

もう夜でもいいのにと思っても、世界は日差しに包まれて、まだまだ時間は有り余る。

部屋が広くなって、大の字の私がいる。

扇風機《せんぷうき》ほど回らない頭で、ぼぅっと、昼間の天井《てんじょう》を見つめていた。

あの日の帰り道に話した通りに、海《うみ》はこの部屋を出て行った。元より荷物の少ない彼女が置いていったものは一つとしてない。夏の終わりさえ待つことなく、その姿は私の前から消えた。

何日この部屋にいたのか、数えるのは諦《あきら》めたから分からない。

纏《まと》うように常にあった花の香りも、埃《ほこり》の匂《にお》いだけに落ち着いた。

「…………………………」

始まりは、終わることを願って。いつからか、終わりが見えなくなって。見えないから、いつまでも続くような勘違《かんちが》いをして。

急に、終わってしまった。

初恋《はつこい》は始まる前から踏《ふ》みつけられた花のように潰《つぶ》れていて、結果が分かっていたとしても苦々しいものだった。咲《さ》いただけで、次に芽吹《めぶ》くものもない平凡《へいぼん》な花。出会いはどれだけおかしくても、結末はありきたりな、そんな初恋《はつこい》だった。

地平潮《ちたいらしほ》という女も、時には予想を外す。

二人は別れなかったし、私は、諦《あきら》めるしかなかった。

水池海《みずいけうみ》はもしかすると、理性ある奇人《きじん》の姉よりも自由なのかもしれない。

そして。

その海《うみ》の母親はなんか、当たり前のようにまだアパートに居座《いすわ》っている。

「実はわたしの名前って逆から読んでも同じなんだぜぇ」

「みずいけ……あ、ほんとだ。初めて知ったわ」

「はい面白《おもしろ》い話おわり。今度はそっちね」

「つまんねぇー！」

煩《わずら》わしいくらいうるさい大人たちの声がする。母は、私といる時よりよっぽど楽しそうだ。私と母親で二人だったのが、いつの間にか、別の二人という塊《かたまり》になっている。勝手に、そんな風に線を引いてしまう。

私と繋《つな》がっている人間がみんないなくなった。そんなわけなくても、そうとしか思えない。違《ちが》うって冷静に判断する自分が他人のように見えて、どこに自分の重きを置けばいいのか分からなくなって、考えることに、疲《つか》れる。

「かえりたい」

自分の部屋にいながらそんな呟《つぶや》きが漏《も》れる。目を瞑《つぶ》り、大きく息を吐《は》く。扇風機《せんぷうき》の風に煽《あお》られた自分の髪《かみ》が、穂波《ほなみ》のように暗闇《くらやみ》の向こうで躍《おど》っていた。

水池海《みずいけうみ》は出ていって、地平《ちたいら》さんと一緒《いっしょ》に暮らしている……らしい。詳《くわ》しくは知らないし、聞きたくもない。向こうから連絡《れんらく》が来ても困るし、こっちからなにか言う気になるわけもなかった。どこに住んでいるかも聞いていないし、電話も……海《うみ》と電話番号を交換《こうかん》しただろうか。それも曖昧《あいまい》なくらい、彼女に関する記憶《きおく》が濁《にご》ってきている。薄《うす》れると、濁《にご》る。どちらがより遠ざかっているのだろう。

起きれば、意思と無関係に身体《からだ》が家事をこなす。便利なので、これからのすべてを意思に問わないでやってほしい。そうすれば私の喉《のど》の渇《かわ》きにも似た物足りなさに、もう苦しまなくていいはずだから。

考える元気もないのに、部屋で寝転《ねころ》んでいると暇《ひま》を持て余して結局、反芻《はんすう》してしまう。

「死ぬつもりやから」

口の端《はし》を歪《ゆが》めながら、そのイントネーションを真似《まね》する。

女子高生じゃなくなったら死ぬって、本気で言っていそうだった。

方向は違《ちが》っても流石《さすが》あの女の妹、とでも言うべきなのだろうか。思い切りが良く、そして頭のネジが足りていない。いや自分で緩《ゆる》めて外してしまうのか。

今も海《うみ》は、姉の前で裸《はだか》を晒《さら》しているのだろうか。

想像したら、自然、床《ゆか》に握《にぎ》りこぶしを擦《こす》り合《あ》わせていた。

「刷り込みだよ、絶対……」

あの女と一緒《いっしょ》にいることでしか喜びを感じないと思い込んで、実際に機能している。

最初にあんな女と出会ってしまったら……分かるけど。あの女に人を好きな形に歪《ゆが》められるくらいの能力と立場が備わり、あんな性格をしているのが最悪の取り合わせだ。

それでも、もしも、あの女より先に海《うみ》に出会えていたら。

私だって優《やさ》しくするし、大事にする。お金は……ないね。ないよ、それがどうした。どうしたもこうしたも、終わりだ。

お金。お金があると優《やさ》しくなれるって悪い女が言っていたけど、本当にそうだと思う。金銭に余裕《よゆう》があると、色んなことを省略して時間ができたり、余裕《よゆう》があったり……自分に優《やさ》しい。厳しい環境《かんきょう》で人に優《やさ》しさ絞《しぼ》り出《だ》せるくらい潤《うるお》ってる立派な人もいるだろうけど、私はそんな傑物《けつぶつ》じゃない。つまり……順番が入《い》れ替《か》わっていても無駄《むだ》なんだ、多分。

あの二人は運命の相手だった。私はそうじゃなかった。これで、話は終わってしまう。姉妹《しまい》だとしてもだからなにってどっちも思っていそうな非常識さに、私は到底《とうてい》ついていけない。

ゴロゴロ転がりながら、そうやって妥協《だきょう》を積み重ねていく。

仕方なかった。どうしようもなかった。本当にそればかりで、わざわざ確認《かくにん》する必要もないくらいだけどそうやって片付けていると、残った後悔《こうかい》が見えてくる。

帰り道の電車の光景。

それこそ死ぬまで思い出しては苦しみそうな情景と会話。

あのとき。

海《うみ》になにを、どう伝えればよかったんだろう。

言いたいことはあったと思うのだ、確かに。でも頭がよくないから、それを具体的に言葉にできなかった。もどかしくて、額に穴でも空きそうなくらい悔《くや》しくて。

頭がよくなりたいと、いつも教科書を開いていた海《うみ》。

その気持ちが、やっと分かる。

「でもあんた、今めちゃくちゃ頭悪いよ……」

寝返《ねがえ》りで髪《かみ》に寝汗《ねあせ》を染《し》み込《こ》ませながら、負《ま》け惜《お》しみを呟《つぶや》く。

扇風機《せんぷうき》はもう首を振《ふ》らないで、私だけに風を届けていた。

「たっかそらちゃん」

海《うみ》のお母さん……娘《むすめ》がいないのに、なぜかここにいる、お母さん。

下の名前で親し気に呼ぶうえに部屋を覗《のぞ》いてくる人は、その線の細さが際立《きわだ》って幽霊《ゆうれい》みたいだった。生きているにしても扉《とびら》に寄りかかって辛《かろ》うじて立っているようにしか見えない。

「……なんですか」

顔を上げないで一応反応する。

「お昼作ったんだけど、食べる？」

「……え？」

思いもよらない話を持ってきた。これまで家事をのろまに手伝うくらいの印象しかなかった人が、いきなり有意義なことを言い出す。身体《からだ》を起こすと、にこにこしながら手招きしてきた。

ほんのわずか、興味を惹《ひ》かれる。肩《かた》に重苦しくのしかかる蒸《む》し暑《あつ》さを振《ふ》り払《はら》い、起き上がった。母親は夏休みなど関係あるはずもなく仕事で、意識していなかったけど今、アパートにこの人と二人きりなのだ。普段《ふだん》から物静かがすぎて、存在感が薄《うす》い。母親と一緒《いっしょ》の時以外は。

母親と一緒《いっしょ》だと、どっちも本当に楽しそうに会話が弾《はず》む。

私といても、母親はさして笑いもしないのに。

ちょっと、面白《おもしろ》くなかった。

からかっているとか嘘《うそ》という可能性も頭にちらついていたけど、テーブルにはちゃんと料理の姿があった。小さめの器《うつわ》はレタスとトマトを蒸《む》したもの、かな。少しお酒みたいな匂《にお》いがする。それとあまり使っていない鍋敷《なべし》きの上にはフライパンが置かれて、中身はじゃがいもの……なんだろう、グラタン風？　他にも細かくなにか入っているのだけど、チーズがかかっていて判別しづらい。

思ったより、ちゃんと料理の形をしていて驚《おどろ》いた。冷蔵庫の中身を勝手に使っていることはさておいて。

「……料理、できたんですね」

「昔はお手伝いさんしてたのよ」

ふふふ、とやや得意気に笑いながら海《うみ》のお母さんが座る。枯《か》れ木《き》を二つに折るような正座だった。位置に悩《なや》んだものの、向かい側に腰《こし》を下ろす。そして、不思議な気分に浸《ひた》る。

ぜーんぜん、もうなんの関係もない人と今、向かい合ってお昼ご飯を食べようと言うのだ。人懐《ひとなつ》っこい笑顔《えがお》を、なんだこの人と見つめることしかできない。

「シホちゃんにもよくおやつを作ってあげたの。スイートポテトがお気に入りだったかな」

「へぇ……」

地平《ちたいら》の家に勤めていたという話は聞いた。そこで海《うみ》の父親と関係を持って、追い出されて、今に至るとも。見た目や声から受ける人畜無害《じんちくむがい》といったイメージとは裏腹に、けっこう、悪い女なのかもしれない。ただ頼《たよ》りないのは確かで流されやすそうだから、押されると弱いのかも、と想像したりもする。

そしてその結果生まれた娘《むすめ》から私へ、地獄《じごく》みたいな初恋《はつこい》が繋《つな》がっている。

目眩《めまい》がしそうなドミノ倒《たお》しだった。

「……いただきます」

「はいどうぞ」

言いながら、海《うみ》のお母さんもすぐに箸《はし》を取って私より先に食べ始める。その独特のペースに面食らいながらも、レタスとトマトの蒸し物《むしもの》にまず箸《はし》を伸《の》ばす。……ちゃんとした味付けだった。本人はふわふわしているのに、料理の味はしっかりしていた。

私の表情からその辺を読み取ったのか、海《うみ》のお母さんはにこにこしてトマトをかじっている。

「料理はけっこう得意な方だと思うよぉ」

「その割に、ここに来てからまったく作ってませんでしたね」

「なっちゃんが作らなくていいって言ったから」

えへへ、となぜか嬉《うれ》しそうに子供みたいな笑顔《えがお》を見せるので、なにそれ、としか思えない。

なっちゃん……私の母親。呼び名と人物が慣れなくて毎回一致《いっち》しない。

「でも一緒《いっしょ》に住むなら役割がないとまずいかなぁと考えました」

「一緒《いっしょ》に住む……」

この人いつまで居座《いすわ》る気なのか、と思っていたけどひょっとして、ずっといる予定？

母親は、追い出すつもりも一切《いっさい》ないみたいだし。

つまりこれから私は、この人と母親の間で育つ子供になるわけだ。

へぇー。

一日でも早く出ていきたくなる。

フライパンの中身も順当においしい。少し塩味がきつい気もするけれど、夏には丁度いいのかもしれない。しかし味はいいとしても、若干《じゃっかん》気まずい。知らない人の成分が大量の相手と食事をするのは、目と心の置き場に困る。

「娘《むすめ》、海《うみ》のこと、止めなかったんですね」

他に話題もないので、最後は気まずさがそこに流れ着く。

「シホちゃんと暮らすこと？」

「ええ」

「そりゃあ止めないよぉ。海《うみ》が決めたんだから」

死ぬこともか、と問《と》い詰《つ》めたくなる。でもその前に、海《うみ》のお母さんが続ける。

「だって海《うみ》はわたしと一緒《いっしょ》に生活している間、まったく幸せじゃなかったもの。底も底。それなら、それ以外の道を選んだ方が絶対に上には浮《う》かぶじゃない」

「…………………………」

この人にもちゃんと考えはあって、でも頼《たよ》る意味はないのだと知った。

子供の好きにさせることと、親がなにもしないことの線引きは難しい。

誰《だれ》が正しいとか、間違《まちが》っているとか、今となっては、あまり興味もなかった。

結果が出てしまっている、今となっては。

「そうですね……」

「シホちゃんは優《やさ》しい子だから、海《うみ》のことは大事にしてくれるよ」

エロいことするついでに大事にしそうな、どうかしている姉だけど。

「あとお金持ちだし」

「そっすね……」

結局、そこなのだ。お金があると可能性が広がる。

私と地平《ちたいら》潮《しほ》の決定的な差は、それだけなのかもしれない。

一番どうしようもない部分だった。

「ごちそうさまでした。おいしかったです」

ほっといたら後片付けもやっといてくれるだろうかと淡《あわ》く期待して立ち上がる。

「たかそらちゃん」

その人の声の調子だと、子供に呼ばれているみたいだった。

「海《うみ》と仲良くしてくれて、ありがとうね」

死んだ人間の終わったことみたいに言われて、反射的に反発が芽生えた。

「してますよっ」

海《うみ》のお母さんは、さして楽しくもなさそうに笑っているだけだ。

「してます」

「うん」

なにがうん、なのか。荒《あら》い足音と共に部屋へ逃《に》げる。

もちろん、海《うみ》のお母さんの方が正しい。

終わったことなのだから、当たり前だった。

断絶しているのだ、実感が湧《わ》かないだけで。もう二度と海《うみ》やあの女と出会うことはないし、この部屋がこれ以上狭《せま》くなることはなく、夏はいずれ終わり、学校があり、往復するだけの毎日が始まる。水池海《みずいけうみ》と地平潮《ちたいらしほ》に出会う前の私が、俯《うつむ》いて歩きだす時は近いのだ。

ほんとうに？　とまた床《ゆか》に倒《たお》れながら納得《なっとく》を探す。寝転《ねころ》んで、目を動かすと申し訳程度の棚《たな》が少し動いて、下敷《したじ》きにしているなにかの端《はし》がはみ出ていた。四《よ》つん這《ば》いになり、指で引っ張ってそれを確認《かくにん》して、最初はぎょっとする。身に覚えのないお金が大量に発見された。

ちょっと考えて、出所に気づく。

「……ははっ」

海《うみ》が隠《かく》していたお金、らしい。もう隠《かく》していたことも忘れてそのまま置いていったみたいだ。

「うーかれーすぎー……」

紙幣《しへい》を無造作に掴《つか》む。身体《からだ》を売って稼《かせ》いだ金。多分、海《うみ》の拠《よ》り所《どころ》になっていたもの。

もうそれも必要なくなったんだ。

おめでとー。

布団《ふとん》の代わりになるように、お金を放り投げる。

ぜんぜん足りなくて、ちょっと散らばるだけだった。

そのお金と一緒《いっしょ》にまた大の字になって、指先の痺《しび》れが消えるのをじっと待つ。

夢では終わらない。水池海《みずいけうみ》は確かに、この部屋にいた。

私に、この部屋で胸を触《さわ》らせた。

……覚えている最新の記憶《きおく》がそこって、色んな意味で最悪だった。

緊張《きんちょう》は続いている。

まだ、なにかあるんじゃないかって。

身構えて、出迎《でむか》えようとして、前傾姿勢《ぜんけいしせい》が戻《もど》らない。

あってほしいのか、忘れてしまいたいのか。

心の中から期待と不安の混じったものが消えることはなかった。

あった。

地平《ちたいら》さんからそんな連絡《れんらく》が来たのは、木々の下に蟬《せみ》の死骸《しがい》が転がり始めた頃《ころ》だった。

『遊びに来る？』

返事をするまでに二日くらい時間をかけた。その間、返信についてはあまり考えていなかった。掃除《そうじ》や洗濯《せんたく》はほどよく身体《からだ》を動かし、適切な逃避先《とうひさき》になってくれた。

それが済んでから、逃《に》げ続《つづ》ける限界に行き着いてようやく、電話を抱《かか》えて寝転《ねころ》ぶ。

なにしに行くのか？

返信前に、その理由が見つからなくて息苦しくなる。

なっている間に、追加のお知らせが来た。

『あ、来るなら制服着てきて』

『なぜ？』

『見たいから』

それ以外の理由を考えようとして、時間を無駄《むだ》にしたくないので電話を置いた。

壁《かべ》にかかった制服を睨《にら》んで、ふん、と鼻を鳴らす。

「守るなよ、こんなの」

制服のスカーフを指で摘《つま》みながら、自分の弱さを呪《のろ》った。

約束の当日、登校日ですって顔をしながら駅に行き、電車に乗り、地獄《じごく》へ走る。

この間行った、地平《ちたいら》さんの家からかなり離《はな》れていた。逃《に》げるように、遠ざかるように。まったく知らない土地を一人で歩くなんて、初めてで。色んな理由で、心細い。

送られてきたマップを確認《かくにん》しながら、駅を離《はな》れる。歩いているといつかの日のように、潮の香りを鼻が感じていた。

駅前の鳩《はと》が屈託《くつたく》のない空に向けて飛んでいくのを、こそばゆい匂《にお》いと共に見送った。

下から見ると旅館にも見えるような、横に広いマンションが指定された住所には建っていた。私のアパートが何個くっついたらこの高さと広さになるだろう。

そのマンションのロビーで出迎《でむか》えたのは、青い浴衣《ゆかた》の女だった。

「久しぶりのタカソラー」

「……変わってない」

一か月前とまったく変わらない雰囲気《ふんいき》、柔和《にゅうわ》な笑顔《えがお》。人を笑顔《えがお》で破滅《はめつ》させる魔性《ましょう》の女。

自然に私の手を取り、マンションのエレベーターへ連れて行く。

「制服いいねぇ！」

テンション高くて普通《ふつう》に目を逸《そ》らしたくなる。そういえば制服姿でこの人と会うのは初めてか。……制服だとこんなに嬉《うれ》しそうになるんだ、と相手が本物であることを今更《いまさら》理解する。

えびす顔の女とエレベーターで四階まで上がる。奥から二つ手前の部屋まで歩いて、ふとそこから見えるものに振《ふ》り向《む》く。

「海」

長い道路を挟《はさ》んだ先で、白波が崩《くず》れていくのが見えた。

海の見える町。

遠く、あまりに遠く。一生かかっても行けそうにないと思っていた世界が、眼下にあった。

お金を積んで生まれた、高い場所。

「みんなで行こうよ、海」

「ええ……」

難色を示すのも無視して、地平《ちたいら》さんが部屋の鍵《かぎ》を開ける。

待ちわびていた猫《ねこ》みたいに、その音を聞きつけて軽快な足音がやってくる。

奥から出てきた人影《ひとかげ》に……？　？　？　と疑問符《ぎもんふ》が三つ四つ五つ六つと整列する。

「え、だれ？」

一目で分かっても、記憶《きおく》と脳が理解に二の足を踏《ふ》んだ。

「だれって、また自己紹介《じこしょうかい》しないと駄目《だめ》？」

声はそのままで、でもその声にさえ違和感《いわかん》が混じる。

水池海《みずいけうみ》、のはずの、生き物。

真っ先に目に入るのはもずくのようだった髪《かみ》を切って短く纏《まと》めて、こざっぱりとしている。

そして薄《うす》い茶色に染めていた。

「髪《かみ》」

「あ、これ？　おねーちゃんと美容院に行ったらこうなった」

「あ、そ……」

下はデニムのショートパンツで、上は屋内にプールか海でもあるのかっていう薄着《うすぎ》で、肩《かた》もヘソも露出《ろしゅつ》していた。端《はし》を絞《しぼ》るように結んで着ているシャツは肌《はだ》に沿うのもあって、豊かな胸《むな》元《もと》の強調が強い。

化粧《けしょう》も以前より濃《こ》くなり、着飾《きかざ》る意思を強めているのがアイラインから伝わってきた。

そしてなにより、匂《にお》い。

あの花の香り。

纏《まと》うどころか本人に完全に根付いて花開いているように、一層深く感じられた。

「服」

「おねーちゃんこういうのも好きなんだって」

「あ、そ……」

よれてだらしないシャツを着ていた、暗い瞳《ひとみ》の少女はどこにもいなかった。

手札全とっかえだ。

手元も全部の爪《つめ》が違《ちが》う色にマニキュアされていてマーブ○チョコかってくらい多彩《たさい》だった。

その中指の青色の爪《つめ》が、私に向く。

「おねーちゃんとどの色が似合うか試《ため》してた。どれもいいねって褒《ほ》められたよ」

聞かれる前に嬉《うれ》しそうに教えていただいた。

「………良《い》い趣味《しゅみ》、してるね」

「ところで、なにしにきたの」

違和感《いわかん》が酷《ひど》い。なんだろうと思うと、言葉遣《ことばづか》いだ。

以前の海《うみ》には方言的なものが混じっていたけれど、それが矯正《きょうせい》されたように失われている。

尖《とが》った部分を磨《みが》いて、細長い石を撫《な》でるような喋《しゃべ》り方だった。

変わらないのは私への無関心くらいだ。

「言いたいことが、あって」

「ふぅん……」

心底どうでもよさそうに反応が薄《うす》い。

「どうぞ」

「え？」

「言いたいことをどうぞ」

さっさと済ませて帰れという態度が一貫《いっかん》していて、もう、笑い声しか漏《も》れてこない。

「続きは海行ってからにしよ。制服に砂浜《すなはま》は似合いそうだよね」

それを見たいために私を呼んだのだろうか、ひょっとして。

「海にお散歩なら行くー」

「……は？」

陽気に、音符《おんぷ》の階段駆《か》けあがっているような調子の声を誰《だれ》が発したのかすぐに分からなかった。綺麗《きれい》なサンダルを履《は》いて飛び出すその足の爪《つめ》もマ○ブルチョコ袋《ふくろ》詰めで、派手が過ぎる。

「みんなで行こうねー」

抱《だ》きしめるようにその妹を受け止めた姉が、にっこりと提案する。

「みんなぁ？」

ご不満が大変に分かりやすい、美しいほどの声でございました。

「来るの？」

当たり前のようにおねえちゃんと手を繋《つな》ぎながら、海《うみ》が……花の匂《にお》いのする女が目を細める。

変わらないものその二、おねえちゃんへの病的な愛。

根っこは変わっていないことに、面倒《めんどう》くさいとかそんなことよりちょっと安堵《あんど》した。

「行くよ」

もう帰りたいけど。叶《かな》うなら距離《きょり》じゃなく、時間も巻《ま》き戻《もど》したい。

どうして来てしまったのだろうと後悔《こうかい》するためだけに来てしまったような。

そんな誤りに後ろ足で砂をかけて、逃《に》げ回《まわ》りたかった。


砂浜《すなはま》には海の家が出来上がって、随分《ずいぶん》と賑《にぎ》わっていた。からっと爽《さわ》やかなんてものとは無縁《むえん》で、人の足が舞《ま》い上《あ》がらせる砂が空気に混じって肌《はだ》に障《さわ》る。

そうしたビーチシートとパラソルの森から距離《きょり》を置くように、防波堤《ぼうはてい》に地平《ちたいら》さんが腰《こし》かける。

直射日光と照り返す波の狭間《はざま》に、私もまた力なく座り込む。

「海《うみ》、ちょっとお散歩してきてくれる？　タカソラと話したいの」

「え、やだ」

気軽に拒否《きょひ》してくる。

「制服姿の女とおねーちゃんを二人きりとかありえないじゃん」

「あっはっは、信用ゼロ」

「こうしてるから」

海《うみ》は地平《ちたいら》さんの足の間に座り、背を丸めて耳を塞《ふさ》ぐ。そのまま、にこーっと……にこーっ？

目を疑うくらいに無邪気《むじゃき》な笑顔《えがお》で、おねえちゃんを見上げる。

「しょうがないなぁ」

地平《ちたいら》さんが悪戯《いたずら》っぽく、海《うみ》の目もとを手で覆《おお》う。海《うみ》の口もとがだらしなく緩《ゆる》んだ。

誰《だれ》だ、こいつ。

「早くしてね」

「はいはい」

当たり前のように会話が成立していて、耳栓《みみせん》の効果はまったくなさそうだった。

妹を自慢《じまん》するようににこやかな悪い女を見て、意思が固まりそうになる。

「あの、もう帰っていいですか」

「せっかく来たのに。……ま、タカソラの気持ちも分かるよ」

海《うみ》の短くなった髪《かみ》を悪い女の指がくすぐると、はしゃぐように身をよじる。

「私の気持ち、ねぇ」

分かっていそうだった。分かった上で、踏《ふ》みにじりそうだった。

「こういうファッションの子は好みから外れてるんだろうなと」

「そっちかい」

いや別に……ショートパンツは、嫌《きら》いじゃないけど。そんな話はしてなくて。

「タカソラにもう一回謝っておこうかなーって」

「どれを？」

心当たりは山ほどあった。

「海《うみ》を完全に取っちゃったこと、かな」

「…………………それは、べつに」

お互《たが》いの気持ちが大事ですから、とお見合いのおばさんみたいなことを言いかけた。

でも実際、謝るようなことじゃない。

私は、好かれなかった。海《うみ》が恋《こい》したのは、この悪い女だった。それだけだ。

健全な感情の流れでさえある。

姉妹《しまい》であることを除けば。姉妹《しまい》は……でも分からない、どのあたりに問題があるのだろう？

拒否感《きよひかん》の出所が摑《つか》めない。

「姉妹《しまい》だって分かったら海《うみ》も別の道を選ぶかなと思っていたけど、まったくそんなことはなかったね。わたしも、妹だからって別に変わらなかったし。なんならむしろ」

「むしろ？」

「のほっほっほ。……うん、わたしからの話ってそれだけかな」

「あ、っそう……これだけ」

そんなこと、電話で一言言えば済むのに。

「制服姿のタカソラを見ときたいっていうのが一番だったかも」

「……制服プレイなんて妹とやっててよ」

プレイ違《ちが》うけどまだどっちも一応。

「そっちも十分堪能《たんのう》してる」

言わなきゃよかった。

制服姿の海《うみ》がベッドに横たわってとか、そんなことまで想像しそうになって。

げんなりした。

海と太陽を前にして、ここまで心が濁《にご》っていくのは自然の限界を感じる。

人間って、凄《すご》いや。

私からこの女に今更《いまさら》話すことは……一つしかなかった。

「海《うみ》が高校生じゃなくなったら死ぬつもり、って知ってるんです？」

「うん、聞いてる」

遠くの海原《うなばら》を見つめる目に陰《かげ》りは一切《いっさい》ない。

「止めろよ」

端的《たんてき》に、強く言葉を押し出すと、「今やってる」とにこやかに答えてきた。

「海《うみ》、けっこう変わったでしょ？」

「けっこう、っていうか……」

原型から完全に崩《くず》れて、新築になったも同然だった。

「そういう価値観を一度、徹底的《てっていてき》に破壊《はかい》すればいいのかなぁって」

そう思って、妹の露出度《ろしゅつど》を高めて爪《つめ》を塗《ぬ》りたくったのだろうか。

単なる趣味《しゅみ》の発露《はつろ》ではないのか。

真剣《しんけん》なのかそうでないのか、最後まで、分かりづらい。

本気そうなのは、制服を見つめるその目つきだけだった。

「……なに」

じーっとこっちを見つめつつ、その手がゆらーっと動いてこっちのスカートの端《はし》を摘《つま》もうとしたおい。その指を真っ先に咎《とが》めたのは、妹の手だった。ぱぁんと軽快な音を引き連れてその手を叩《たた》き落《お》とし、むすーっと、唇《くちびる》をへの字に曲げる。

「おねーちゃん」

「はーい」

「怒《おこ》るよ」

「もう怒《おこ》ってる」

「そうだよ」

海《うみ》が起き上がり、耳栓《みみせん》を解いてぷぅっと、子供じみた怒《いか》りを頬《ほお》で示す。

「話は終わったんでしょ？」

すっかり癖《くせ》のなくなった喋《しゃべ》り方で、そうなった方が前より声に冷たさを覚えた。

「わたしはね。海《うみ》はタカソラと話すこと、」

「ないよ」

「あーそうでしょうね帰る」

価値観変えすぎて、私のことはまったく眼中に収まらなくなっていた。

知らない笑顔《えがお》、無邪気《むじゃき》な声、バカみたいな明るさ。

他人だった。

私が会いに来た水池海《みずいけうみ》は、電車に乗って遠くへ行く間に迷子になったらしい。

悪い女が私の肩《かた》を押して、無理に座り直させる。それから海《うみ》を隣《となり》に座らせて、本人は防波堤《ぼうはてい》を滑《すべ》って砂浜《すなはま》に降り立つ。

「まぁまぁ、話そうよ」

「おねえちゃんはここで待ってるからね」

にこにこしながら、海《うみ》みたいに耳を塞《ふさ》いでいる。その笑顔《えがお》に負けないくらい白い歯を見せる海《うみ》が、アイドルにでも送るように大きく腕《うで》を振《ふ》る。大げさがすぎるやり取りに、二人の周りにいるだけの私はどんどん、表面が乾《かわ》いていく。

改めて隣《となり》に座る水池海《みずいけうみ》を見ると、すぐに変化が目に留《と》まる。

座り方が以前の前屈《まえかが》みと異なり、背筋がしっかり伸《の》びている。足の置き方も揃《そろ》っていて、格好と正反対に作法が身についていた。そのちぐはぐさに、地平潮《ちたいらしほ》の努力を見た気がした。

これくらいしないと、どうにもならないのかもしれない。

人格さえ上書きして塗《ぬ》り替《か》えないと、水池海《みずいけうみ》は手遅《ておく》れだったのかもしれない。

でもそれは、私の会いたい相手と別人になったことを意味する。

どうしよう。

来る前に用意してきた言葉がある。

だけどこうしてほぼ知らない女と向き合っていると、正反対の言葉が芽生えそうになってい
る。どっちを吐《は》き出《だ》すのが正直なのか分からなくなってきていた。

「あ、言いたいことがあるんだったね」

誰《だれ》だよ、なんだその喋《しゃべ》り方、と別人めいた調子に強い抵抗《ていこう》を覚える。

あんたに言いたいわけじゃない。

誰《だれ》だよって胸が詰《つ》まる。

かえりたい、って呟《つぶや》きそうになった。

「私は、あんたに死んでほしくないよ」

本当にそう思ってる？　と自分と同じ声の誰《だれ》かが意地悪く聞いてくる。

もう分かんないよ、と半泣きになるのでせいいっぱいだった。

あのとき。電車で帰るとき。そのときに、これを伝えられていたら。

足りなかった。経験が、すべてが。

「おねーちゃんもね、そう言ってくれた」

おねえちゃんはもういいよ。

私が言ったんだよ、今。

涙《なみだ》が浮《う》かんでは夏の灼熱《しゃくねつ》に蒸発していく。

「でも制服に弱いんだよぉ、うちのおねーちゃん」

女子高生が友人に悩《なや》み相談でもするような調子で、クソみたいな弱音を吐《は》いた。

「だからあたしも色々試《ため》してる」

顔つきは、誇《ほこ》らしげでさえあるように。真《ま》っ直《す》ぐな瞳《ひとみ》に、暗がりは見つからなかった。

「おねーちゃんがさ、女子高生以外も愛せるように」

「たとえばね、あたしがママになるとおねーちゃんは喜ぶ」

「……………がん、ばって？」

「………………………………………………」……………………………………………………………………

……………………………………………………………は「は？」

「おねーちゃん、昔お母さんに捨てられたから、ママに飢《う》えてるんだって」

足りないのはママじゃなくて理性だと思う。

「おねーちゃんがね、あたしに甘えてくれるの。腕《うで》の中でね、丸まってくれてあたしが抱《だ》っこしてあげるの。おかあさんってすがるみたいに呼んでくれるとね、背中ぞくぞくする。そのときの高揚感《こうようかん》っていうの？　頼《たよ》られているときの甘いどろっとした」「あ、もういいや」

怖《こわ》くなって、引く。

飛《と》び跳《は》ねて恐《おそ》れて逃《に》げるような私に、可愛《かわい》らしい怪物《かいぶつ》は、きょとんとしていた。

とてもいい話をしようとしているのに、どうしたんだろうって顔だった。

駄目《だめ》だこいつって、遅《おそ》まきに理解する。

脳を何回もひっくり返されて、見た目以外には不具合しか発生していない。

これだけ揃《そろ》っているのに、と取り巻くものを見まわす。

最後の別れの言葉とか。

切ない感情を切り出して訪《おとず》れる、繊細《せんさい》な表情の変化とか。

青空の美しさとか、波の音とか、一夏の箱庭めいた世界の終焉《しゅうえん》とか。

制服のはためき、潮の香り、初恋《はつこい》の女の子。

夏！　セーラー服！　初恋《はつこい》！　夏休み！　偶然《ぐうぜん》の出会い！　友情！　恋心《こいごころ》！

どこいった⁉

そういうのを交《か》わせる雰囲気《ふんいき》の始まりさえ感じ取ることができなくて。

出てくるのは、実の姉のママになって甘やかして誇《ほこ》らしげな女子高生。

負けです。完敗です。

ぼっきりと、完全に、私の中で致命的《ちめいてき》なものが折れた。

もう、いいやってなった。

悪いんだ。

会いに来る相手を間違《まちが》えた、自分の方向音痴《ほうこうおんち》が全部悪い。

「帰るね」

「また来るの？」

最後に海《うみ》が、確認《かくにん》するように尋《たず》ねてくる。

それがどういう意味なのかとか考えるの面倒《めんどう》で、どっちでもどうでもよくて。

上から下までじっくり、知らない初恋《はつこい》の女を眺《なが》めてから。

うん、と大きく頷《うなず》く。

私か、悪い女か、初恋《はつこい》の女の誰《だれ》でもいいから。

さっさと死んでしまえって気分に、ちゃんと墜落《ついらく》した。

「二度と会いに来るかよ、ばーか」

外の熱気をくぐる度《たび》、深く、生温《なまぬる》い水底に埋没《まいぼつ》していく気分だった。

海面の眩《まぶ》しさを、目を逸《そ》らさないで全て受け止めながら歩いたら焼き付きが酷《ひど》くなり、途《と》中《ちゅう》から目の前が半分くらいしか見えなくなって、でもそのまま足を動かし続けていたらいつの間にか電車が走り出していた。現実が飛んで、継《つ》ぎはぎになっている。

眠《ねむ》りもしないのに、夢を見ているようだ。

大変に気味が悪い。

……どこからが夢だったのだろう、この夏は。

目を瞑《つぶ》らなくても、時間が次々に飛んでいく。傷ついた……傷ついたのか？　傷があったとしてもその形も、深さも自分で分からない。大きすぎて痛みを麻痺《まひ》させないと危ないのかなって思うくらい、なにも響《ひび》かない。

それでも、私は電車に乗っている。

知らない間にそこまで歩いて、勝手に運ばれて。

生きるというのは、そんなに意識を割《さ》かなくてもなんとかなってしまうのかもしれない。

一生懸命《いっしょうけんめい》になって、頭がいっぱいで、たくさん考えても手元になにも残らなかった自分が、なんだか馬鹿馬鹿しくなる。なにもしないより、なにかしようとした方がよっぽど、後悔《こうかい》することもあるのだった。

なんで、私の家に来た？

来てしまった？

どうせなら本当に、出会いたくなかった。

聞き取った記憶《きおく》がないけれど、停止した電車に合わせてのっそりと立ち上がる。身体中《からだじゅう》の関節が重い。水中を歩いているように、空気が一々引っかかる。なにかを考えようとすると、頭の奥が滲《にじ》む。絞《しぼ》って、生温《なまぬる》いお湯が溢《あふ》れて、それだけ。固まった思考が生まれてこない。

電車の外の景色は知っているそれで、ちゃんと地元の駅で降りたらしい。誰《だれ》がそれを判断したのだろう？　不思議な気持ちになりながら、重たい手足を振《ふ》って駅の改札を抜《ぬ》け出《で》て、階段を下りて、またこれから家まで歩かないといけない。

億劫《おっくう》が過ぎると、少し死にたくなるのを今学んだ。

やり切ったというか壁《かべ》にぶつかりすぎて、疲《つか》れた。

いいかな、ってなる。

今、横からなにか飛んできて頭にぶつかって死ぬとしても、ぼーっと歩いていると思う。避《さ》けた先に見える未来は、今の現実をコピーして丁寧《ていねい》に真《ま》っ直《す》ぐ並べただけだと分かっているから。今と変わらないなら、未来なんて大事にする必要はないって誰《だれ》かがそんなことを言ってた。

展望というものが、およそ見えない、低い場所で呼吸をする。

そんな沈《しず》み方を、あの女と出会ってから何度経験しただろう。

最悪の女だ。

でも、もしも町でまた出会ったら私なんて簡単に騙《だま》して丸め込んでしまうのだろう。

だから、どうか。

本当に、二度と出くわさないでほしい。

「ばーか」

もう顔も薄《うす》れてきたやつに毒づく。

「バーカバカバカカバカバカバカばぁぁぁぁぁぁぁぁあっか！　バーカがよぉぉぉ」

「あ、先輩《せんぱい》だ」

足音がいやに硬質《こうしつ》だ。固まった感情が下へと流れて、爪先《つまさき》に溜《た》まってしまったみたいに。

歩いている実感が希薄《きはく》で、どうして自分が前へ進んでいるのか、その理由が鈍《にぶ》くしか伝わってこない。

「おーい、先輩《せんぱい》」

……ひょっとして、先輩《せんぱい》って私？

そういえば。

前にも、こんな風に声をかけられて振《ふ》り向《む》いた気がする。

それは確か、夏の始まりに。

その始まりを、終わりから振《ふ》り返《かえ》るように。

「……あ、後輩《こうはい》だ」

ポニーテールに髪《かみ》を纏《まと》めた、私服の後輩《こうはい》が私を見上げていた。中学時代のバスケ部の後輩《こうはい》。

一年下で今は、学校は別だ。昔は染めていなかった髪《かみ》が今は金髪《きんぱつ》になり、そしてこんなことを言うのもなんだけどあまり似合っていない。

「元気なさそうですね」

挨拶《あいさつ》より先に、そんなことを人当たりの良さそうな調子で言われた。今、自分がどんな顔になっているのか想像は簡単だけど実際に向き合いたくはない。泣いていますね、と言われないだけマシかもしれなかった。本当のところはどうなのだろう。

私は、帰り道のどこかで一度でも泣いたのだろうか。

「暑いから」

適当にごまかす。ははぁそれはそれは、と比較的《ひかくてき》どうでもよさそうに後輩《こうはい》が納得《なっとく》した。

この後輩《こうはい》は……中学生の時はもっと尖《とが》って、目つきの険しさが危《あや》ういくらいだった。今は随分《ずいぶん》と柔和《にゅうわ》になっているけれど、他人に対してどうでもよさそうな部分が見え隠《み かく》れするあたり、本質は変わっていないのかもしれない。

「あれ、先輩《せんぱい》制服」

「ん、ああ……」

スカーフの端《はし》を摘《つま》んで、説明しかけて、面倒《めんどう》になって舌が回らなくなる。

「こういう格好の気分だったから」

学校の用事とか部活とか、後からいくらでも嘘《うそ》を思いついた。でも言った後では意味がない。

悪い女に着てこいって注文されて着ていった、と話したら後輩《こうはい》はどんな顔をするだろう。

へぇーって、本当に少しだけ笑って流される気もした。

「あー分かりますそういうのありますよね」

「本当に分かる？」

「いえ本当はあまり」

ははは、とお互《たが》いにあらかじめ用意した安っぽい笑いで間を繋《つな》ぐ。後輩《こうはい》は鞄《かばん》も手元になく、身軽な格好だった。散歩という気分になれそうもない夏の一日だけど、私の知る後輩《こうはい》は結構捻《ひね》くれていたので、それくらいはしそうだ。

なんにせよ、暇《ひま》そうだった。

私は暇《ひま》というか……空虚《くうきよ》、という感覚が一番適切だろうか。

帰ったら、アパートでやることがたくさん待っている。

想像するだけで首の後ろが折れそうなくらい重い。

もう一度海が見えたら飛び込んで、二度と浮《う》き上《あ》がってこないかもしれなかった。

「……たまにはお茶でも飲む？」

「え、わたしと？」

本人に声をかけたのに、お前以外誰《だれ》がいるんだ。よほど意外だったのか、後輩《こうはい》は髪《かみ》を弄《いじ》りながら目を丸くしている。家まで遠回りになるならなんでもいいやと誘《さそ》ってみたのだけど、嫌《いや》ならさっさと断ってほしい。断られたら、また夢の続きでも歩こう。

「んー、ま、いっか」

後輩《こうはい》が適当にお誘《さそ》いを受ける。昔の後輩《こうはい》ならきっと、はっきり断っていただろう。元からそんなに親しくもなかったけれど、会わない間に更《さら》に知らない後輩《こうはい》になっているみたいだった。尖《とが》っている部分が磨《みが》かれて、触《さわ》り心地《ごこち》を変えて。生きやすくはなっていそうで正しいけれど、少し、残念な気もした。

丁度駅の近くだったので少し引き返して、冷房《れいぼう》の効いているカフェに入った。横に長く作られた店内は夏休みもあってか賑《にぎ》わい、空いている席は多くない。提供されている焼けたパンの匂《にお》いを嗅《か》ぎながら、二人で注文する。後輩《こうはい》がミルクティーを頼《たの》むのを聞いて、じーっと上を見て、リンゴジュースを注文した。理由は、特にない。単に甘いものが欲《ほ》しかっただけだった。

二人並んで座って、ガラスの向こうの町並みを眺《なが》める。取《と》り揃《そろ》えられたように、様々な色の自動車が左右へ走《はし》り抜《ぬ》けていく。向かいにはビルと古くからの建物が同居して、体育の授業前の生徒みたいに並んでいた。隙間《すきま》はとても薄《うす》く、どこにも青色は見えてこない。

海は、この町から遠すぎた。

「学校楽しい？」

親みたいなことを聞いてしまう。高校生になって初めての夏休みを迎《むか》えている後輩《こうはい》は、冷房《れいぼう》の風に揺《ゆ》れる髪《かみ》を耳に引っかけながら答える。

「いや、あんまり」

「そっか」

普通《ふつう》の返事に、ありふれた受け答え。こんな会話するために後輩《こうはい》とお茶を飲んでいるのだろうか。家にまっすぐ帰りたくないというお年頃《としごろ》みたいな理由なら、他にいくらでも逸《そ》れる道はあるのに、後輩《こうはい》を巻き込んで。

多分もう会うこともないだろうって、この後輩《こうはい》に会う度《たび》に感じている気がする。

それなら、なにかないと、って気持ちになる。

でもそのなにかを見つけようにも、心がへばっていた。

「私も、学校楽しいって思ったことないよ」

「んー……っぽいですね」

返事に困っていそうなのが伝わる間があった。実際、私が楽しいと思えることってなんだろう？　学校や家事は楽しくない。でも学業と家事以外、一日の中でやることがない。私は楽しいを知らないのかもしれない。

海《うみ》のことを下に見ていられないくらい、物知らずだったのか。

楽しいことしか知らなそうな女はいつも笑っていた。

笑っているからそうなのか、見つけるのが上手《うま》いから笑っているのか。

あの人と出会って感じていたものは……説明できない。悔《くや》しさや、苛立《いらだ》ち。そういうものは分かるけれど、他にもたくさんの感情が混ざっていて。その形を、私は知らない。

とりあえず。

私にとっての初恋《はつこい》は、苦しくて自分の肉を掻《か》きむしりそうになることばかりだった。

「先輩《せんぱい》は髪《かみ》染めなくていいから、楽そうですね」

ちゅぞーっと、ミルクティーを吸う合間のお菓子《かし》くらいの感覚で話題を振《ふ》ってきた。同じ金色でも、後輩《こうはい》と私の色合いはかなり異なる。自分の髪《かみ》を見慣れている分、後輩《こうはい》の金髪《きんぱつ》の方が新《しん》鮮《せん》には見えた。

「なんで染めたの？」

後輩《こうはい》の髪《かみ》を一瞥《いちべつ》する。脱色《だつしょく》したような、白さの目立つ金髪《きんぱつ》。

昔はやや茶色く、夕方に体育館でシュート練習をしていると日差しの傾《かたむ》きと揃《そろ》って色合いが映《は》えたものだった。

「いや……染めたら、なにか変わるかなぁって」

横の髪《かみ》を一房《ひとふさ》、後輩《こうはい》が摘《つま》む。

「結果は？」

「似合わないという家族の不評だけ貰《もら》いました」

「おやおや」

リンゴジュースを飲みながら適当に相槌《あいづち》を打つ。浮《う》かんでいた汗《あせ》はほとんど引いて、首筋に微《かす》かな寒気が宿る。冷えて、外に出て蒸《む》して、また冷える。でもその熱の行き来が、いまいち伝わってこない。他人事《ひとごと》ばかりが、自分を埋《う》め尽《つ》くしている。

ふと漏《も》れた呟《つぶや》きも、自分のどこから出たのか分からなかった。

「海を見てきた」

ぽつりと、誰《だれ》に話しているのかも曖昧《あいまい》な独り言。

海。

口にすると、肩《かた》の上が熱くなったり、ぞわぞわしたりする。

恋心《こいごころ》の飛沫《ひまつ》だろうか。

「え、今日の話？」

「うん」

後輩《こうはい》がそれなりに察して相手してくれた。

「海は結構遠かった」

「はぁ。そりゃあ、そうかもしれませんね」

うちの県海ないし、と後輩《こうはい》がうっすら笑う。そう、その通り。

私のいられる世界に海はない。

だからちょっと……そう、ちょっと、波が寄せていただけなんだ。

私はその海に驚《おどろ》いて、塩辛《しおから》さに嘆《なげ》いて、ちょっとはしゃいで……それだけの夏だった。

「海って行ってなにするんですか？」

「私は……ずっと見ていただけ」

海を眺《なが》めて、眩《まぶ》しいと、綺麗《きれい》と、交互《こうご》に感じていただけ。

その海がどんな形に変わろうと、風に吹《ふ》かれようと、私は近づくこともできなかった。

「あんたはさ……あと一年とちょっとで、友達……友達でいいや……友達が死ぬとしたらどうする？」

例え話を装《よそお》って、私は、もしもを問う。

私にはなにもできなかった。なにかができる場所に自分がいないのだと痛感して、打ちひしがれて、今もぼんやりとしているだけだ。でも他の人だったら、もっと上手《うま》くやれていたのかもしれない。

知ったところでどうにもならないもしもに、縋《すが》るみたいに。

「いや死なないかもしれないけど……まぁ死ぬかも、くらいで」

急にこんな話をされても困惑《こんわく》しかないかと思いきや、後輩《こうはい》はミルクティーを一旦《いったん》置いて、町並みに目を泳がせる。その視線は飼い主に抱《だ》かれながら歩道を渡《わた》る、小柄《こがら》な犬に向いているように見えた。

「友達……が、死にそうだったら」

思うところがあるように、後輩《こうはい》の声が掠《かす》れる。横顔を覗《のぞ》くと、知らない表情を醸《かも》していた。

憂《うれ》いが分かりやすく瞳《ひとみ》の上を塗《ぬ》り、月が影《かげ》を背負うように、顔つきに暗いものが増える。

「今だと逃《に》げちゃいそうで、嫌《いや》ですね」

後輩《こうはい》は困ったように、光の加減で少し泣きそうにも見える瞳《ひとみ》を揺《ゆ》らして、笑う。

誰《だれ》か、本当にそういう相手がいるみたいな口ぶりだった。

それを誰《だれ》とは問わないで、ひょいひょいと、言葉を投げる。

「逃《に》げるの、嫌《いや》なんだ」

「まぁ」

その短い返事を口にするとき、後輩《こうはい》の顔が中学時代の鋭角《えいかく》を少し取《と》り戻《もど》したように見えた。

「逃《に》げるの駄目《だめ》かな？」

「……その子は、逃《に》げるとわたしを追ってくるから。よれよれで、おぼつかない足取りで、それでもわたしを追いかけてきてくれるから。追いつけなくても、ずっと歩いてきてくれて……だから、離《はな》れても辛《つら》いだけなんです」

実感が水切りでもするように、言葉の上を跳《は》ねていくのが伝わる。

そうした後輩《こうはい》は、恐《おそ》らく自分では気づいていないだろうけど、瞳《ひとみ》を僅《わず》かに潤《うる》ませている。今、肩《かた》を揺《ゆ》すったら自分の知らない涙《なみだ》がぽろぽろとこぼれていくだろう。後輩《こうはい》が人を泣かせるところは見たことがあるけれど、本人が泣いているのは一度も見たことがない。

……お前はいいな、って羨《うらや》む。

誰《だれ》かが追いかけてきてくれるなんて。

求めてくれるなんて。

きっと、私にはとても真似《まね》できないくらい、いい生き方をしてきたのだろう。

「それならいつか、逃《に》げないで向き合えるといいね」

自分の話をしていたのに、なぜか最後は後輩《こうはい》を励《はげ》ますような形になってしまう。

……まぁ、それもいいか。

少しでも、後輩《こうはい》の助けになれたら……ちょっとは満足できるかもしれない。

「そうですね」

穏《おだ》やかに返事をしてから、後輩《こうはい》はすぐにその一言を否定する。

「いやできれば……ずっと生きていてほしいけど」

寂《さび》しそうに笑う後輩《こうはい》の、きっと叶《かな》わない願いに、「そうだね」と同意する。

生きていてくれたら……なにもなくても。

死んでしまえって何回も思ったけど。

やっぱり、生きていてほしいって気持ちにもなった。

お互《たが》いの注文したグラスを空にして、駅の外に出てから、自然、解散の雰囲気《ふんいき》になる。軽く伸《の》びをして目を細めながら空を見上げる後輩《こうはい》を見つめて……後輩《こうはい》、後輩《こうはい》と認識《にんしき》しているけど名前は……。

そう、確か。

「島村《しまむら》」

後輩《こうはい》を呼ぶ。後輩《こうはい》はなんでか、少し驚《おどろ》いたように振《ふ》り向《む》いてきた。

「学校、楽しくなるといいな」

私から言えるのは、それだけだ。

私にはもう到底叶《とうていかな》わないから。

大きな骨がごろりと抜《ぬ》けてしまったような学校生活が、これからの私を待っている。

後輩《こうはい》は高校に進学して身に付けたような、穏《おだ》やかで、緩《ゆる》い笑《え》みで応えた。

「久しぶりに、人にちゃんと名字を呼ばれた気がする」

「なんだそれ……」

どんな生活を送っているのだろう。みんな下の名前で呼ばせているのか？　不思議な子か？

そもそも、下の名前は本当に思い出せない。

「それじゃあ、さようなら先輩《せんぱい》」

「さよなら」

もう会うこともない、ってまた思いながら後輩《こうはい》と別れた。

今日はたくさんの別れがある日だ。

出会いは、なさそうで。

ちょっとした不公平に、笑う。

立《た》ち呆《ほ》け、リンゴジュースの余韻《よいん》を唇《くちびる》に少し感じて。

見慣れた駅の景色を眺《なが》めて、ああ本当に終わったんだって諦《あきら》めて、一息ついて。

真昼の星を見上げながら、帰路に足を振《ふ》る。


これは、そういうお話。

二つの星が、ぼろぼろに、壊《こわ》れそうになるまで近づいて、壊《こわ》れてもまだ近づこうとする。

ありふれたなにかに引き寄せられた、そんな夏のおはなし。

そして私は、その星そのものではなく。

星を知って、見上げることしかできなかった。

名前にそぐわない、地上の土まみれの星は遥《はる》か高いその星たちを、羨《うらや》むように見続けて。

星は空高く、美しく、輝《かがや》いて、そして遠かった。


寝《ね》て起きて、夢うつつの入《い》れ替《か》わりが曖昧《あいまい》で。

そんな夏休みの余りが、こぼれ落ちるように過ぎていった。学校、アパート、その間を行き来する自分。他人が勝手に身体《からだ》を動かしているみたいに、自分の感覚というものを失いながらも目の前の景色が変わっていく。

誰《だれ》にも文句を言われないのだから、その誰《だれ》かは上手《うま》く私を動かしているのだろう。

このまま、自分以外が自分を滞《とどこお》りなくやっていけるなら、それもいいかもしれない。

勿論《もちろん》、このままではいけないというのは、分かっていて。

でもいつ起きているのかもはっきりとしていないから、どこで目を覚ませばいいのか、その機会をずっと摑《つか》みかねたままぼんやりしていた。壁《かべ》を上っているのか、ただ道をひたすらに歩いているのか。引っかかりがない。或《ある》いは引っかかっているものを感じる余裕《よゆう》がない。

この夏はすべての始まりで、そして終わりでもあったのかもしれない。

抜《ぬ》け出《だ》す糸口が、なかなか見つからなかった。

その日も、学校に向かう途中《とちゅう》だったのか、休日だったのか、はっきりとしていなくて。

蟬《せみ》はもういないのか、まだ鳴いているのか。ふと、そんなことが微《かす》かに気になって、頭を動かすと。

妙《みょう》なものが視界に入って、緩慢《かんまん》に、時が止まる。

土手を下りた先の川に、宇宙服を着た人型が浮《う》かんでいた。

「…………………」

薄《うす》い膜《まく》のように夢を被《かぶ》り続《つづ》けている頭が、いよいよ極《きわ》まったのかもしれない。

熱気が空間を歪《ゆが》ませて見せた幻《まぼろし》だろうか。

「は、へ……」

幻《まぼろし》はヘルメットに夏の残り日を反射させながらゆるゆると流れていく。人型だし、中身は……いたらどうしよう？　遊んでいるのか、川流れなのか、溺《おぼ》れているのか。無抵抗《むていこう》にするする下っていくものだから判別できない。……ていうか、なにあれ。

本当にそこにあるのかさえ不確かで、見つめている間に足が止まる。

ほっといたら、どうなるのだろう。

どこまで流れていくのだろう。

「…………………………」

汗《あせ》が伝うと、その軌跡《きせき》が切られたように、温かい。

結局、見なかったことにできなくて土手を下りていく。間に合わなくても仕方ないという気持ちで走ることはなく、滑《すべ》らないように慎重《しんちょう》に斜面《しゃめん》を踏《ふ》んでいった。こんなことで怪我《けが》でもしたら馬鹿らしいしなにより、今の気分で地面に倒《たお》れたらもう立ち上がれない気がした。

ゆっくりと川を流れていくだけだから、それでも段々と距離《きょり》が詰《つ》まっていく。川が深くはないのを覗《のぞ》き込《こ》んで確認《かくにん》してから、また迷って、鞄《かばん》を置く。そして水面を掻《か》き分《わ》けるように川を進んだ。

水飛沫《みずしぶき》を上げながら、靴《くつ》を脱《ぬ》ぐのを忘れたのを悔《く》やんだ。

結構な川幅《かわはば》を進んでいると、ああ冷たいなとか暑いなとか。

そういうことを、手足を動かす度《たび》に思い出し始めていた。

小柄《こがら》な宇宙服の人間……？　を掴《つか》む。

しゅこーしゅこーと、くぐもった呼吸音がわざとらしいくらい聞こえた。

「む？」

普通《ふつう》に声がして、腰《こし》が引けそうになる。幼く、甲高《かんだか》い。少女の声だった。

「おや、どなたですかな」

「どなたでしょうねぇ」

呑気《のんき》に会話を試みてくるそいつを一旦《いったん》流して、川岸に運ぶ。本人は見た目の重厚《じゅうこう》さと裏腹に軽く、ビニール袋《ぶくろ》くらいにしか思えない手触《てざわ》りで動かせる。端《はし》にまで移動させると、本人が起き上がってバシャバシャと自発的に川を出た。実は川に用事はなかったのかもしれない。

人騒《ひとさわ》がせなやつ。

川に残っているのは私だけになる。靴下《くつした》の中まで入り込んだ水の感触《かんしょく》が気持ち悪い。膝《ひざ》まで浸《つ》かった水との温度差に身震《みぶる》いしながら、ふと、差し込んだ光を睨《にら》み返《かえ》すように顔を上げる。

空を見る。

高い空を、見上げる。

ずっと続いていた耳詰《みみづ》まりが抜《ぬ》けたように、音が蘇《よみがえ》った。

蝉《せみ》の音がばぁっと、羽を広げるように左右を包んだ。まだ夏はそこにあり、当たり前のように肌《はだ》を焼いて、汗《あせ》は不快に背中とシャツを張り付けていた。生きていれば当然の息苦しさが急に私を囲い、押《お》し潰《つぶ》すようだった。

自分の呼吸が、鬱陶《うっとう》しいくらい、聞こえる。

血管でぱちぱちと、集《つど》った血が弾《はじ》けては意識にその温度を塗《ぬ》りたくる。骨と臓器が溶《と》けて同時に躍動《やくどう》するように、息苦しさの先に芽吹《めぶ》くものが確かにあった。

消えることのなかった生温《なまぬる》い夢が汗《あせ》と共に流れ落ちていく。

正面から私を焼《や》き尽《つ》くす太陽に、肌《はだ》が産声《うぶごえ》のような悲鳴を上げていた。

……ああ、なんだ。

こんな、簡単なことだったんだ。

でもそれができないくらい、私は、大きい何かを失ったんだとも理解した。

「そこの方、ちょっとよろしいでしょうか」

先に上がった宇宙服が、私を呼ぶ。短い諸手《もろて》を上げて、ぴょこぴょこと跳《は》ねている。その度《たび》にヘルメット表面で光が乱反射して眩《まぶ》しかった。目に手のひらで影《かげ》を作りながら、川を上がる。きっかけはともかくとして、こんなものに手を差《さ》し伸《の》べた結果は、少しばかり前向きみたいだった。

「助けていただきかたじけない」

みするようだった。

「……はぁ」

夢から醒《さ》めても、水の滴《したた》る宇宙服は健在だった。見下ろす私の影《かげ》が、その小さな体躯《たいく》を丸呑《まるの》みするようだった。

「どこへ行こうか迷っていたら、いつの間にか川を流れていました」

「なにそれ……」

見た目の場違《ばちが》いさと相まって、シュールな状況《じょうきょう》が加速していく。とことん、おかしなのに出会う夏だ。それから水を踏《ふ》む感覚がウザかったので、靴《くつ》を脱《ぬ》いでひっくり返して脱水《だっすい》する。脱水《だっすい》って使い方合っているのだろうか？

「大胆《だいたん》な迷子……迷子？」

背丈《せたけ》や声の調子もあって、放っておくわけにもいかないという意識が働く。

あと、変人への耐性《たいせい》はこの夏で結構鍛《きた》えられた。

格好なんかより頭のおかしいやつの方がよっぽど手強《てごわ》いと学んだので、これくらいではたじろがないのだ。

「迷子といえばそうかもしれません。人に会おうと思ってうろうろしています」

「……親戚《しんせき》とか、そういうやつ？」

要領を得ないので少し範囲《はんい》を狭《せば》めて聞いてみると、いえいえ、と小さな頭が揺《ゆ》れた。

「どんな人なのかまだよく知りません」

「えぇっと……？」

「これから会い、そして色々あるよーですね」

日本語は問題ないのに、内容が別の言語のように頭に入ってこない。

発言の時間の軸《じく》が私とズレているような……線を無視して、ずっと遠くの点だけを語っているような。奇妙《きみょう》なペースで、その小さな宇宙飛行士が語る。自己紹介《じこしょうかい》のように。

「でもその人に会うことがとても大事だと、わたしは分かっているのです。わたしはどこにでもいます。どこにでもあり、どういう形でもあり、どうとでもあり、どうあってもいいのです。だからどこまでもあり、今もここにいます」

「……なるほど」

まったく分からない。そして、分からなくても問題はなさそうだと思った。

大事なのは、川に流れていたこいつを助けたということだけなのだろう、きっと。

冗談《じょうだん》みたいな格好のこいつを追いかけて、私は、ぬるい夢から這《は》い出《で》たのだから。

「さて、次はどちらへ行きましょうか」

「行き先ねぇ……」

私も、さっきまで迷子だったからつい、一緒《いっしょ》にきょろきょろと見回す。

そうして水池海《みずいけうみ》が消えた方角をぼんやり見つめてから、思いっきり。

正反対の方向に、腕《うで》を突《つ》き出《だ》した。

「こっちへ行くといいよ」

握《にぎ》りこぶしは、なにものも指すことなく、ぎゅっと、固く閉じられていた。

「ではそうしましょう」

宇宙飛行士？ は疑うことなく、私の示した方へ歩き出す。私のなにを知っているわけでもないそいつに迷いはない。夏に似つかわしくない、暑苦しそうな宇宙服は川と並ぶようにその道を歩いていく。

「あなたはどちらへ？」

最後に小さく振《ふ》り向《む》いたヘルメットには、青空と、入道雲と、私が映り込んでいた。

「私は……」

返事を紡《つむ》ぎきる前に、小さな宇宙飛行士の頭が揺《ゆ》れる。

「叶《かな》うならば、よい旅を」

そう言い残して、宇宙服はのったのったと微妙《びみょう》に左右に揺《ゆ》れながら去っていった。そしてその小さな背中が目に映るぎりぎりの距離《きょり》にまで行ったところで、先ほどまで形のなかった釣竿《つりざお》を肩《かた》に担《かつ》いでいるのが見えた。

あのまま真《ま》っ直《す》ぐ歩いていけば……古臭《ふるくさ》いお茶屋にでも着くだろうか。そこからはどこへ行くのか。釣竿《つりざお》を持っているなら川、釣《つ》り堀《ぼり》……海？

さぁっと、記憶《きおく》から消えることのない海岸の光景が目を焼く。

振《ふ》り払《はら》うこともできなくて、下まぶたの上にそれを載《の》せたまま、目を細める。

誰《だれ》と出会い、どこで釣《つ》り、そしてなにが始まるのだろうか。

あまりに短く、少ない出会いの中で具体的ななにかを察することは困難だった。

だから、誰《だれ》かに出会うつもりだというその言葉だけを、祈《いの》る。

その始まりが、どこかに辿《たど》り着《つ》くことを。

見も知らぬ他人の幸せを、適当に、願った。

そして、残された私は。

「あー……」

もっとすっきりしたい。

まずそう思って、手段をぐるぅりと回る頭と一緒《いっしょ》に考えて。

傾《かたむ》いた頭の導きに殉《じゅん》じるように、地面に。

思いっきり滑《すべ》って、ねじって、額を叩《たた》きつけた。

星が降る。

いつまでも届かなかったその光に、目が接触《せっしょく》する。

星を受け入れた目の奥が、焼けたように真っ黒に染まった。

下唇《したくちびる》が、原因不明の震《ふる》えを帯びていく。

ゆっくり、地面を押すようにしながら顔を上げると、直接ぶつけた額よりも、耳の裏の付け根が異様に痛い。寒気が止まらなくなり、肌《はだ》がぞわぞわしてはなにかがこぼれ落ちていくようだった。

寒い、寒い。

夏にあり得ない言葉をいくつか重ねて、肩《かた》が震《ふる》える。

指先も焦《あせ》るように小刻みに痙攣《けいれん》して。

身体《からだ》のどこも暇《ひま》していない。

大分、生きている気がした。

「旅……旅ね」

水面に弾《はじ》ける光をぼんやりと眺《なが》めている間に、どろりと、血と思考が垂れ流れていく。

淀《よど》みから抜《ぬ》け出《だ》して、でもすぐ先に広がる泥濘《ぬかるみ》を、ざくざく、開き直って踏《ふ》みしめるような。

今、そんな気分になった。

濡《ぬ》れた靴下《くつした》を脱《ぬ》いで、財布《さいふ》だけ抜《ぬ》き取《と》った通学鞄《つうがくかばん》をぶん投げて、両手が軽くなってから大きく一回転して。

「あひーひーひー、ひひっひっひっひー、あーひー、ひぃーひひひひぃひぃひひっひっひっひっひぃいいいいいいいああああああん、いーひっひっひ、あっひっひっひっひーん」

ついつい、知らない歌まで一緒《いっしょ》に踊《おど》ってしまう。

脳の傷から溢《あふ》れ出《だ》すみたいに、たのしい歌が止まらない。

雲、空、世界、町。

目に映るものが素早《すばや》く切《き》り替《か》わる度《たび》、知らないものを次々に見ていくように新しい。

生まれ変わったみたいとは、このことだろうか。

振《ふ》り回《まわ》した足が踏《ふ》みしめて、指し示す方向へ歩き出す。

居場所は、私だ。

私の居場所は、自分と共にしかない。

離《はな》れることは、あり得ない。

どこにも行ってくれない。案内もしてくれない。足の裏にある世界が、そのすべてだ。

他人は皮だの骨だの愛だの、距離《きより》が遠すぎる。

自分は何をどうあろうと決してどこにも逃《に》げないのだから、安心して。

めちゃくちゃに、生きてしまおう。

額がかち割れたように、すーすーと、風通りがいい。

不愉快《ふゆかい》に楕円《だえん》を描《えが》こうとするような耳鳴りが寄せては引いて、爽《さわ》やかに吐《は》き気《け》を催《もよお》しながら。

背中から一枚ずつ夢幻《むげん》を剝《は》がすように、歩いていく。

その先に始まりがあっても、行き止まりが待ち構えていても。

海を、見に行こうと思った。

『青く、果てなく』

My first love partner
was kissing

最近、小鳥《ことり》の様子がおかしい。いや意識の高い自然への警鐘《けいしょう》とかではなく。でも森の様子がおかしいだと余計に遠のきそうだ。とりあえず、小鳥《ことり》は鳥じゃない。同級生の女の子だ。

森小鳥《もりことり》という名前は本人の一部分を確かに示している。小鳥《ことり》という名に導かれたように小柄《こがら》な彼女は、しかし鳥には生えていそうもない牙《きば》で噛《か》みつくことを厭《いと》わない。人との衝突《しょうとつ》を生きるための当たり前の行動だと勘違《かんちが》いしている節のある、大変に困ったやつだ。

口喧嘩《くちげんか》が激しくなると頭突《ずつ》きが飛んでくるので、警戒《けいかい》しないといけないのが本当に面倒《めんどう》だ。流石《さすが》に高校生にもなって頭突《ずつ》きは、と楽観視していたら去年の秋にしっかり頂戴《ちょうだい》してしまった。髪《かみ》が長くなると自然に緩《ゆる》いウェーブがかかって、落ち着きと愛嬌《あいきょう》を勘違《かんちが》いさせる容姿を生む。言葉を選ばないなら、とても可愛《かわい》らしい。口を閉じていれば、一層。

そんなやつが昔からの知り合いで自然、私が面倒《めんどう》を見なければ、という気を起こしてしまうのは俗《ぞく》に言うお人好《ひとよ》しの類《たぐい》なのだろうか。家も近いし、付き合いも長く、勝手が分かっていると残るのはその可愛《かわい》らしさってことになり、それがもしかすると、仲の長続きの理由なのかもしれない。

で、その小鳥《ことり》がおかしいのだ。

今こうして一緒《いっしょ》に帰っている時もそうだった。

昼が手を引き、空を夜に明《あ》け渡《わた》そうとしている隙間《すきま》の時間。中央の通りは道路に白線以外を描《えが》くように、傾《かたむ》いた日差しが注がれている。下校する生徒が他校含《ふく》めて入り混じり、足音と制服がぶつかるように行き来する。私たちの学校のセーラー服は、背中側から見ると町の中で浮《う》いているくらいに白い。正面からだと、水色のスカーフに目が行く。

大きな建物の向こうから、雲と夕日が顔を覗《のぞ》かせる。小鳥《ことり》は私と話している途中《とちゅう》で口を半開きにしたまま、その沈《しず》みゆく日を見上げて固まった。足まで止まり、自然、私も立ち止まる羽目になる。流れに抗《あらが》うように動かなくなった私たちの周りを、幾《いく》つもの足が追《お》い抜《ぬ》いていく。

「どしたの」

「夕焼けって、こんなきれいだっけ」

「は？」

小鳥《ことり》が急にさえずり出した。その日を真っ向から浴びた小鳥《ことり》の髪《かみ》と舌が焼けていく。

「あの雲の黄色いとこ……ほんと、きれい」

ほらそこ、と私を導くように太陽の近くを指差す。空と雲を溶《と》かして交わったような、黄金の色合いが海の景色みたいに遠くまで広がっている。綺麗《きれい》なのは、そう思うけれど。

小鳥《ことり》の薄《うす》い茶色の髪《かみ》が夕焼けを重ねて、複雑な色合いを描《えが》いていた。

「あんた、そんなんだっけ」

「そんなん？」

「いやあんたが物欲にまみれていないことを言ってるのがおかしくて」

あぁん、と私の知っている小鳥《ことり》にちょっと近づく。こちらへ噛《か》みつく仕草を見せてから、止まっていた足が動き出す。そうして小鳥《ことり》が、前へ唾《つば》でも飛ばすように言う。

「色々あんの、あたしも」

「色々って？」

「いっぱいあるから説明がめんどい」

肩《かた》のゴミでも払《はら》うように、雑に流してくる。こいつ、と思ってなにか言おうとして、でも思いつかなくて、薄《うす》い蟬《せみ》の鳴き声よりも口を噤《つぐ》んで、黙《だま》って歩くしかなかった。

その色々をこれまでは私に隠《かく》すことがなかったのに。

そこが一番、おかしい。


本末転倒《ほんまつてんとう》では、と虫刺《むしさ》されを掻《か》きながら思った。

夏は夜でも遠慮《えんりょ》なく暑い。暑いのは不快。だから窓を開けて少しでも涼《すず》みましょうとやってはいるのだけど、そうしたら蚊《か》に遠慮《えんりょ》なく足を刺《さ》された。エアコンを使うか少し迷う痒《かゆ》みだ。

掻《か》く手が止まらないまま、二階の小さなベランダに用意した椅子《いす》に座って、小鳥《こと》のことを考える。小鳥《ことり》の家は、ベランダから屋根を見ることができるくらいの近さだ。

その小鳥《ことり》の声がした気がして、ベランダから下の様子を覗《のぞ》く。

「小鳥《ことり》？」

家に帰ったはずなのに、なぜかまだセーラー服を着ている小鳥《ことり》が住宅街の道路を歩いている。頭上の私には気づかないまま、家の前を通り過ぎていく。こんな時間に、と部屋へ振《ふ》り向《む》いて時計を確かめる。格好も、女子高生も、歩いていては多かれ少なかれ不都合ある時間帯だ。

「…………」

迷ったけれど、部屋を出る。一階にいる親に見つからないように物音を殺しながら、ひっそりと家を出た。虫刺《むしさ》されを最後にまた掻《か》いてから、小鳥《ことり》の小さな背中を追いかけた。

小鳥《ことり》は鞄《かばん》以外、通学時そのままの格好だ。まさかこんな夜に学校に用があるわけもなく。距離《きょり》があるとはいえ小鳥《ことり》は振《ふ》り向《む》くこともなく、街灯心もとない道を迷うことなく進んでいく。

こんな時間に出ても小鳥《ことり》を注意する者はいないのは、私がよく知っていた。

だから、私がいつも側《そば》にいたのに。

小鳥《ことり》が向かった先は駅だった。町の中では一番大きな、いつもどこか工事している駅。

その駅のバス乗り場と、タクシー乗り場を越《こ》えて構内への入り口に向かう小鳥《ことり》は、途中《とちゅう》でなにかを見つけたように歩く調子が変わる。浮《う》かれて宙でも蹴《け》り進《すす》むように早歩きになった小鳥《ことり》を、足の裏の感覚を失いながら追いかける。不安は喉《のど》でも渇《かわ》くように、なにかを訴《うった》え続《つづ》ける。

自分の足が前へ出る度《たび》、もう片方の足との距離《きょり》に心細く感じるのは初めてだった。小鳥《ことり》が真《ま》っ直《す》ぐ、吸い寄せられるように向かっていく先になにがあるのか。私の目では特別を拾うことができない駅の風景。小鳥《ことり》の隣《となり》を歩いて今まで同じものを見てきたはずなのに。ずっと見ていた小鳥《ことり》が、なにを見つけてしまったのだろう。

小鳥《ことり》が立ち止まる。

羽でも閉じるように辿《たど》り着《つ》いた場所には、若い女がいて。

誰《だれ》？　と疑問に鼻を叩《たた》かれるのと同時に。

背伸《せの》びした小鳥《ことり》が、知らない女と挨拶《あいさつ》のようにキスを交《か》わした。

「……え？」

は？

なにかの悪戯《いたずら》みたいに、小鳥《ことり》と、女があっさり密着している。

気を抜《ぬ》くと、駅の背景の光に、その様子が滲《にじ》んでいきそうだった。

どういう？　どういう？　どういう？　色々な、どういうが頭と目の中を巡《めぐ》る。

小鳥《ことり》が、小鳥《ことり》と、小鳥《ことり》を。

私と小鳥《ことり》の間にあったものが、緩《ゆる》んで、跳《は》ねて、たわむ。

血と汗《あせ》が指から逆流して、首に集《つど》って膨《ふく》れ上《あ》がるようだった。

小鳥《ことり》から顔を離《はな》した女が、首を傾《かし》げるように目聡《めざと》く、こちらに気づく。真《ま》っ直《す》ぐな視線が私を捉《とら》えて、言い訳も、逃亡《とうぼう》も許さないように見つめ続けてくる。その目線を追いかけるように振《ふ》り向《む》いた小鳥《ことり》が、頬《ほお》の溶《と》けたような甘い顔をしたまま、固まる。

お互《たが》いの胴体《どうたい》と肩《かた》がひび割れでもしたような音を立てるのが聞こえた。

その小鳥《ことり》の肩《かた》を抱《だ》くようにしながら、女が、その人が、こちらに距離《きより》を詰《つ》めてくる。すべてを察しているように微笑《ほほえ》んでいるその人は、私たちよりも歳《とし》が四つ、五つ上だろうか。

その長い髪《かみ》は作り物を感じさせない、金糸のような色合いで夜に輝《かがや》いていた。

柔《やわ》らかく流れた髪《かみ》が、はらはらと暗夜を撫《な》でる。

解けるように前髪《まえがみ》の浮《う》いたその額には、うっすらと傷跡《きずあと》が見えた。

私も小鳥《ことり》も固まる中で、その人だけが時間を自由に弄《もてあそ》ぶ。

そして、その人は星のように輝《かがや》く笑顔《えがお》で言った。

「ごめんね。私、背の低い子が好みだから」

あとがき

This story has finished.
It is a not infinity loop!

そんな感じで完結となりました。私の初恋《はつこい》相手がキスしてたいかがだったでしょうか。いつも思うけどタイトル長いな。どう略せばいいのか考えつかないまま終わってしまいました。

元から三巻構成で話を考えたのはこれが初めてでした。構成って言ってもオチ以外はあまり考えていなかったのですが。悪い女の出てくるラブコメでしたが、個人的に気に入ったのはその悪い女でした。なにを考えているのか分かりづらい登場人物というのは台詞《せりふ》や行動が非常に楽なのです。なぜなら、こっちもなにも考えなくていいから。流れに身を任せる的なあれです。

最終的にはあれーやーとこれーやーのエピソードゼロみたいな立ち位置となりましたが、この辺は最初から意識して書いています。なぜなら、この本を読んであっちーとしまっちーを読んでいない人ってまずいないから……。もしいたら、安達《あだち》としまむらもよろしくお願いします。

まだたったの11巻なので、少し読むと最新刊に追いつけます。よろしくお願いします！

そんなにあるのとか思わないでください。

というわけで、完！

次回予定している新作は割と趣向《しゅこう》を変えたり変えなかったりするかもしれません。

ああ内容はもちろんラブコメです。

やっぱり愛だよ、愛！

そして少し早いですが、他に言うところもないので。

今年もお世話になりました。来年もよろしくお願いします。

よいお年を！

入間《いるま》人間《ひとま》

◉入間人間著作リスト

嘘つきみーくんと壊れたまーちゃん
1〜11、『i』（電撃文庫）
電波女と青春男①〜⑧、SF版（同）
多摩湖さんと黄鶏くん（同）
トカゲの王Ⅰ〜Ⅴ（同）
クロクロクロック シリーズ全3巻（同）
安達としまむら1〜11（同）
強くないままニューゲーム1、2（同）

ふわふわさんがふる（同）
虹色エイリアン（同）
おともだちロボ チョコ（同）
美少女とは、斬る事と見つけたり（同）
いもーとらいふ〈上・下〉（同）
世界の終わりの庭で（同）
やがて君になる 佐伯沙弥香について(1)〜(3)（同）
海のカナリア（同）

エンドブルー（同）
私の初恋相手がキスしてた1〜3（同）
探偵・花咲太郎は閃かない（メディアワークス文庫）
探偵・花咲太郎は覆さない（同）
六百六十円の事情（同）
バカが全裸でやってくる（同）
僕の小規模な奇跡（同）
昨日は彼女も恋してた（同）
明日も彼女は恋をする（同）
時間のおとしもの（同）
彼女を好きになる12の方法（同）
たったひとつの、ねがい。（同）
瞳のさがしもの（同）
僕の小規模な自殺（同）

エウロパの底から（同）
砂漠のボーイズライフ（同）
神のゴミ箱（同）
ぼっちーズ（同）
デッドエンド　死に戻りの剣客（同）
少女妄想中。（同）
きっと彼女は神様なんかじゃない（同）
もうひとつの命（同）
もうひとりの魔女（同）
僕の小規模な奇跡（アスキー・メディアワークス）
ぼっちーズ（同）
しゅうまつがやってくる！
―ラララ終末論。Ⅰ―（角川アスキー総合研究所）
ぼくらの16bit戦争　―ラララ終末論。Ⅱ―（KADOKAWA）

本書に対するご意見、ご感想をお寄せください。

ファンレターあて先
〒102-8177　東京都千代田区富士見2-13-3
電撃文庫編集部
「入間人間先生」係
「フライ先生」係

本書は書き下ろしです。

電撃文庫

私《わたし》の初恋相手《はつこいあいて》がキスしてた3

入間人間《いるまひとま》

◆◇◇

2022年12月10日　初版発行
2023年５月５日　再版発行

発行者　山下直久
発行　株式会社KADOKAWA
〒102-8177　東京都千代田区富士見2-13-3
0570-002-301（ナビダイヤル）
装丁者　荻窪裕司（META＋MANIERA）
印刷　株式会社KADOKAWA
製本　株式会社KADOKAWA

ISBN978-4-04-914348-5　C0193　Printed in Japan

電撃文庫　https://dengekibunko.jp/

電撃文庫創刊に際して

文庫は、我が国にとどまらず、世界の書籍の流れのなかで〝小さな巨人〟としての地位を築いてきた。古今東西の名著を、廉価で手に入りやすい形で提供してきたからこそ、人は文庫を自分の師として、また青春の想い出として、語りついできたのである。

その源を、文化的にはドイツのレクラム文庫に求めるにせよ、規模の上でイギリスのペンギンブックスに求めるにせよ、いま文庫は知識人の層の多様化に従って、ますますその意義を大きくしていると言ってよい。

文庫出版の意味するものは、激動の現代のみならず将来にわたって、大きくなることはあっても、小さくなることはないだろう。

「電撃文庫」は、そのように多様化した対象に応え、歴史に耐えうる作品を収録するのはもちろん、新しい世紀を迎えるにあたって、既成の枠をこえる新鮮で強烈なアイ・オープナーたりたい。

その特異さ故に、この存在は、かつて文庫がはじめて出版世界に登場したときと、同じ戸惑いを読書人に与えるかもしれない。

しかし、〈Changing Times,Changing Publishing〉時代は変わって、出版も変わる。時を重ねるなかで、精神の糧として、心の一隅を占めるものとして、次なる文化の担い手の若者たちに確かな評価を得られると信じて、ここに「電撃文庫」を出版する。

1993年6月10日
角川歴彦

電撃文庫DIGEST　12月の新刊

発売日2022年12月9日

青春ブタ野郎はマイスチューデントの夢を見ない

著／鴨志田 一　イラスト／溝口ケージ

12月1日、咲太はアルバイト先の塾で担当する生徒がひとり増えた。新たな教え子は峰ヶ原高校の一年生で、成績優秀な優等生・姫路紗良。三日前に見た夢が『#夢見る』の予知夢だったことに驚く咲太だが――。

豚のレバーは加熱しろ（7回目）

著／逆井卓馬　イラスト／遠坂あさぎ

超越臨界を解除するにはセレスが死ぬ必要があるという。彼女が死なずに済む方法を探すために豚とジェスが一肌脱ぐことに！　王朝軍に追われながら、一行は「西の荒野」を目指す。その先で現れた意外な人物とは……？

安達としまむら11

著／入間人間　キャラクターデザイン／のん
イラスト／raemz

小学生、中学生、高校生、大学生。夏は毎年違う顔を見せる。……なーんてセンチメンタルなことをセンシティブ（？）な状況で考えるしまむら。そんな、夏を巡る二人のお話。

あした、裸足でこい。2

著／岬 鷺宮　イラスト／Hiten

ギャル系女子・萌寧は、親友への依存をやめる『二斗離れ』を宣言！　一方、二斗は順調にアーティストとして有名になっていく。それは同時に、一周目に起きた大事件が近いということで……。

ユア・フォルマV
電索官エチカと閉ざされた研究都市

著／菊石まれほ　イラスト／野崎つばた

敬愛規律の「秘密」を頑なに守るエチカと、彼女を共犯にしたくないハロルド、二人の溝は深まるばかり。そんな中、ある研究都市で催される「前蛹祝い」と呼ばれる儀式への潜入捜査で、同僚ビガの身に異変が起こる。

虚ろなるレガリア4
Where Angels Fear To Tread

著／三雲岳斗　イラスト／深遊

絶え間なく魍獣の襲撃を受ける名古屋地区を通過するため、魍獣群棲地の調査に向かったヤヒロと彩葉は、封印された冥界門の底へと迷いこむ。そこで二人が目にしたのは、令和と呼ばれる時代の見知らぬ日本の姿だった！

この△《さんかく》ラブコメは幸せになる義務がある。3

著／榛名千紘　イラスト／てつぶた

麗良の突然のキスをきっかけに、ぎこちない空気が三人の間に流れたまま一学期が終わろうとしていた。そんな時、突然麗良が二人を呼び出して――「合宿、しましょう！」　夏の海で、三人の恋と青春が一気に加速する！

私の初恋相手がキスしてた3

著／入間人間　イラスト／フライ

「というわけで、海の腹違いの姉でーす」　女子高生をたぶらかす魔性の和服女、陸中チキはそう言ってのけた。これは、手遅れの初恋の物語だ。私と水池海。この不確かな繋がりの中で、私にできることは……。

新作　君はこの「悪【ボク】」をどう裁くのだろうか？

著／二丸修一　イラスト／champi

親友の高城誠司に妹を殺された菅沼拓真。拓真がそのことを問い詰めた時、二人は異世界へと転生してしまう。殺人が許される世界で誠司は宰相の右腕として成り上がり、一方拓真も軍人として出世し、再会を果たすが――。

新作　天使な幼なじみたちと過ごす10000日の花嫁デイズ

著／五十嵐雄策　イラスト／たん旦

僕には幼なじみが三人いる。八歳年下の天使、隣の家の花織ちゃん。コミュ力お化けの同級生、舞花。ポンコツ美人お姉さんの和花菜さん。三人と出会ってから10000日。僕は今、幼なじみの彼女と結婚する。

新作　優しい嘘と、かりそめの君

著／浅白深也　イラスト／あろあ

高校１年の藤城遠也は入学直後に停学処分を受け、先輩の夕凪茜だけが話をしてくれる関係に。しかし、茜の存在は彼女の「虚像」に乗っ取られており、本当の茜を誰も見ていない。遠也の真の茜を取り戻す戦いが始まる。

新作　パーフェクト・スパイ

著／芦屋六月　イラスト／タジマ粒子

世界最強のスパイ、風魔虎太郎。彼の部下となった特殊能力もちの少女４人の中に、敵が潜んでいる……？　彼を仕留めるのは、どの少女なのか？　危険なヒロインたちに翻弄されるスパイ・サスペンス！

MONSTER HOLIC
怪物中毒
PICK UP!
超人気作家
三河ごーすと
が贈る原点回帰にして
最新の
ダークファンタジー!
AUTHOR
三河ごーすと
ILLUST
美和野らぐ
怪物以上人間未満の
少年少女たちが
《官製スラム》の夜を駆ける——!
MONSTER HOLIC
Introduction: Infinite resul
1st chapter: Hit-and-run
電撃文庫

この△《さんかく》ラブコメは幸せになる義務がある。

[著] 榛名千紘
[ILL.] てつぶた

ラブコメ史上、
もっとも幸せな三角関係！
これが三角関係ラブコメの到達点！

平凡な高校生・矢代天馬はクールな
美少女・皇凛華が幼馴染の椿木麗良を
溺愛していることを知る。天馬は二人が
より親密になれるよう手伝うことになるが、
その麗良はナンパから助けてくれた
彼を好きになって……!?

電撃文庫

その日、高校生・稲森春幸は無職になった。
親を喪ってから生活費のため労働に勤しんできたが、
少女を暴漢から救った騒ぎで歳がバレてしまったのだ。
路頭に迷う俺の前に再び現れた麗しき美少女。
彼女の正体は……ってあの東条グループの令嬢・東条冬季で——!?

電撃文庫

第28回電撃小説大賞
銀賞
受賞作
愛が、二人を引き裂いた。
BRUNHILD
竜殺しのブリュンヒルド
THE DRAGONSLAYER
東崎惟子
[絵] あおあそ
最新情報は作品特設サイトをCHECK!
https://dengekibunko.jp/special/ryugoroshi_brunhild/

となりの悪の大幹部！
TONARI NO AKU NO DAIKANBU
佐伯庸介
ill. Genyaky
俺の部屋のお隣さんに
銀髪美女が!?
元悪の幹部と過ごす日常コメディ!!
ある日、俺の隣の部屋に引っ越してきたのは、銀髪セクシーな異国のお姉さんとその娘だった。荷物を持ってあげたり、お裾分けをしたりと、夢のお隣さん生活が始まる……！　かと思いきや、その正体は元悪の大幹部だった!?
電撃文庫

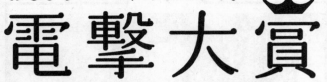